Birgit Lautenbach · Johann Ebend

Hühnergötter

Kriminalroman

Prolibris Verlag

Handlung und Figuren entspringen der Phantasie der Autoren. Darum sind eventuelle Übereinstimmungen mit lebenden oder verstorbenen Personen zufällig und nicht beabsichtigt.

Originalausgabe 2005
2. Auflage 2006

Tel.: 0561/602 70 71, Fax: 0561/666 45

Umschlagfoto: Thilo Folesky, Berlin
Lektorat: Anette Kleszcz-Wagner
Druck: Thiele & Schwarz, Kassel
ISBN: 3-935263-29-5

www.prolibris-verlag.de

„Sie empfinden weder Mitgefühl
noch Anerkennung für den anderen,
da Beziehungen sie ja nicht berühren.
Den anderen respektieren bedeutet,
ihn als menschliches Wesen zu betrachten
und den Schmerz zu erkennen,
den man ihm zufügt."

Marie-France Hirigoyen
„Die Masken der Niedertracht"

Gleich würde die Sonne aufgehen. Über die Dächer der Häuser schickte sie ein glühendes Rot voraus, vor dem grau und dunstig ein schmaler Wolkenstreifen hing.

Weil dies zu allen Jahreszeiten Marten Buhrows Lieblingsstunde war, machte er sich jetzt, um kurz vor halb sechs, auf den Weg. Den Boddendeich hinauf Richtung Kloster, vorbei am Hafen und an der Feuerwehr. Drüben das Rathaus mit der Polizeistation. In dieser Herrgottsfrühe stand der Streifenwagen noch nicht davor. Die sanft ansteigende Schräge hinauf zum Seglerhafen ging er ein wenig schneller, um von hier aus auf den Bug jenseits des Boddens zu sehen. Er wollte den Augenblick nicht versäumen, in dem sich drüben auf Rügen der Sonnenrand über die Baumkronen schob.

Himmelfahrt. Heute war Himmelfahrt, und Marten sah ganz genau hin. Sein Blick ging aus zusammengekniffenen Augen über die Masten der Segler zu ein paar Möwen, die vor dem dünnen Wolkenband kreuzten.

Nichts und niemand fuhr in den Himmel. Aber Marten war sicher, es gab die Reise in den Himmel. Nur hatte er eben bisher nicht das Glück gehabt, einen Reisenden zu entdecken.

Er wandte sich ab, bevor die Sonne ganz aufgegangen war. Er musste am *Karusel* vorbei, dem blau-weiß gestreiften Haus mit dem runden Dach. Was ein Karussell war, wusste er. Vor Jahren hatte er eines im

Hafen gesehen. Es spielte Musik und drehte sich mit seinen Pferden und Autos und Feuerwehren immer im Kreis. Das lustige Haus mit dem sonderbaren Dach erinnerte ihn jeden Morgen an das bunte Drehen und die Musik. Dann lächelte er, auch wenn es ihn damals geängstigt hatte und er um nichts in der Welt mitgefahren wäre. Zu laut und zu schnell und zu fremd.

Es war nicht gut, wenn ihm etwas fremd war. Dann raste sein Herz. Im Magen brannte ein glühender Klumpen, während außen alles eiskalt war, das Gesicht, die Hände, die Füße. Die Haut fühlte sich rau an und richtete die feinen Härchen an den Armen auf, bis sie aussahen wie gerupfte Hühnerflügel.

Nur ein einziges Mal in seinem Leben hatte er die Insel verlassen. Das musste sehr lange her sein, denn er war noch ein Kind gewesen. Er hatte sich freuen sollen, aber es wurde der schrecklichste Tag, an den er sich erinnern konnte. Er sah sich stumm neben der Mutter am Tisch auf der Fähre sitzen, stumm die Bockwurst essen, die sie vor ihn hinstellte.

„Das gehört dazu, wenn man einen Ausflug macht, Marten."

Zwei Stunden dauerte die Fahrt mit der *Insel Hiddensee* von Vitte nach Stralsund mit seinen hohen roten Häusern, den gezackten Dächern, den Menschen, den Autos. Überall sah er Autos und fürchtete sich vor ihnen mehr als vor allem, was er bis dahin gesehen hatte. Das war, bevor die Mutter ihn an die Glaskästen führte, in denen Fische sein sollten.

„Das ist ein berühmtes Museum, Marten. Ein Museum mit alten Schiffen und seltenen Fischen.“

Aber hinter den Glasscheiben schwammen gar keine Fische. Nur Ungeheuer mit Stacheln und Fangarmen. Manche kugelrund, mit hässlichen Narben und Höckern und mit bösartigen Glubschaugen, die sich an Stäben in alle Richtungen aus dem Kopf schoben.

Seitdem wusste er, wie schlimm Angst sein kann. Dass sie Hitze und Kälte zugleich ist, dass sie schreien und verstummen lässt, dass sie Bilder im Kopf macht, die alle Kraft aus dem Körper saugen, bis man endlich, endlich nichts mehr weiß.

Beim Gedanken an diesen Tag schüttelte er so heftig den Kopf, dass er ein paar Schritte aus dem Takt geriet. Er schlenkerte mit den langen Armen und machte zwei, drei Hüpfer voraus, bis er wieder in seinen seltsam unruhigen Gang zurückfand.

Nein, Ausflüge waren nichts für ihn.

Ganz und gar nicht.

Überhaupt alles Fremde nicht. Seine Hand fuhr in die Hosentasche und fasste nach dem schwarzen Stein. Der Vater hatte ihn poliert, bis die weißen Flecken rund um das Loch wie Elfenbein schimmerten. Das ist ein Hühnergott, Marten, und der bringt dir Glück.

Am liebsten war ihm das immer Gleiche, die Ordnung aller alltäglichen Dinge, und auch deswegen machte er jeden Morgen bei Tagesanbruch den Gang durch den schlafenden Ort. Hinaus bis zum Anfang des Seedeichs, am Strand zurück und über den Außendeich wieder nach Hause ins Süderende.

Er traf den Mann, an dem alles altmodisch wirkte, die Frisur und der blau-grau gestreifte Bademantel ebenso wie die dunkelgrüne filzige Badehose und die braunen Lederpantoffeln. Marten wusste nicht, seit wann er dort morgens reglos stand, mal den linken Fuß gegen das rechte Knie gestemmt, dann anders herum. Der rechte Fuß gegen das linke Knie, die Hände Richtung Himmel erhoben, bevor er langsam ins Wasser schritt. Marten nannte ihn bei sich den *Turner*, wegen der Übungen und weil kein Gramm Fett an dem alten Körper zu sehen war, nur Sehnen und flache Muskeln.

Dass einer frühmorgens die Hände zum Himmel streckte, gefiel ihm.

Auf seinem Weg zwischen Strandkörben und Meersaum sammelte er das Strandgut auf. Im Sommer landeten Trinkpäckchen, Stullenpapier und leere Sonnenmilchtuben oder Colaflaschen in der Tüte, die er aus seiner Jackentasche zog. Wenn er genau hinsah, gelang es ihm auch, Zigarettenkippen aus dem Sand zu fischen, Kronkorken oder, schlimmer noch, Glasscherben. Im Winter und bei schlechtem Wetter gefiel ihm seine Ausbeute besser. Bizarre Holzstücke, große und kleine Muscheln, manchmal ein Hühnergott oder ein Stück Bernstein.

„Du darfst nichts mitbringen, was jemand anderem gehört", hatte ihm die Mutter immer wieder eingeschärft. Es hatte eine Weile gedauert, bevor er den Unterschied begriff. Der Urlauber würde den Hühnergott oder das Bernsteinstück mit nach Hause nehmen, wenn er es vor Marten fand. Solche Sachen gehörten niemandem. Wer sie als Erster sah, durfte sie behalten. Aber im Sommer brachten die Urlauber Handtücher, Sonnenhüte, Badehosen mit und vergaßen sie am Strand. Dort mussten sie bleiben. Auch wenn Marten morgens zuerst da war, durfte er sie nicht nehmen. Wenn er Handtücher oder Badehosen fand, hängte er sie über die Seitenlehne des nächsten Strandkorbs.

Der Wind ließ die leere Plastiktüte knistern, während Marten seinen Strand abschritt und alles so fand, wie es sein sollte. Die Mühle reckte ihr schwarzes Dach hinterm Deich in den wolkenlosen rötlichen Himmel, auf den Buhnen hockten die Möwen zum Morgenappell, die Strandkörbe standen vorschriftsmäßig mit dem Rücken zum Meer, damit sich keiner von ihnen bei einem kräftigen Windstoß davonmachen konnte. Aber dass oben, dicht an der Düne, von einem grün-weiß gestreiften Korb das Schutzgitter fehlte, gehörte sich nicht.

Marten stapfte hinauf Richtung Deich und fand es hinter dem Korb. Jemand musste spät noch gebadet haben. Auf dem sandigen Sitz war ein dickes Knäuel Handtücher liegen geblieben. Nichts, was ihn etwas anging. Er hob das Holzgitter auf, um es in die Halterungen zu hängen. Später würde der Urlauber kommen, bemerken, dass er seinen Strandkorb nicht abgeschlossen hatte und trotzdem seine Handtücher auf dem Polster entdecken.

Das Geräusch ließ ihn zusammenzucken. Es war fremd. Es gehörte nicht hierher, das wusste Marten sofort.

Er kannte das Schreien der Möwen, wenn es ganz nah war oder sehr fern. Das Schmatzen des Meeres an den Buhnen wie an allen ruhigen Sonnentagen.

Er legte das Gitter zurück in den Sand, machte zwei hastige Schritte rückwärts und blickte sich um. Außer ihm war niemand am Strand. Auch der Turner nicht mehr. Marten kniff die Augen zu Schlitzen zusammen. Er biss sich auf die Fingerkuppen. Er fuhr sich durch das struppige blonde Haar und stieg hastig von einem Fuß auf den anderen.

Wieder dieser leise kurze Ton aus dem Tuchknäuel. Ein Quäken? Ein helles Knurren?

Welpen! In dem Tuch mussten Welpen sein! Marten ließ erleichtert die Arme sinken. Das Entsetzen in seinem Gesicht löste sich langsam in einem Lächeln auf. Er trat auf den Strandkorb zu, hob die Hand und zog das hochgeschlagene Tuch ein wenig zur Seite. Es kamen keine Welpen dahinter zum Vorschein. Martens Augen weiteten sich erstaunt, und das Lächeln in seinem Gesicht wurde tiefer und glücklicher.

Er hatte einen Menschen gefunden. Einen winzigen Menschen, dessen Augen in dem roten zerdrückten Gesicht nicht zu erkennen waren. In den Furchen der schrumpligen Stirn und um die Nase herum klebten

Reste einer weißlichen Paste. Ganz langsam, als wolle er jede unbedachte Bewegung vermeiden, sank Marten vor dem Strandkorb auf die Knie, ließ seine Hand mit den kurzen, dicken Fingern über dem Köpfchen schweben und betrachtete ehrfürchtig das Kind. Den weichen Flaum, der sich hinter den Ohren ringelte, die feine Linie der Lippen unter der winzigen Nase. Auf dem Wangenknochen neben dem linken Auge des Kindes entdeckte er ein Mal. Zwei kleine dunkle Flecken, so dicht beieinander, dass sie sich zu berühren schienen.

Er streckte den Zeigefinger aus, legte die Kuppe sanft auf das Mal und flüsterte: „Lewet wittet Seelken." Seine Mutter hatte es ihm früher oft ins Ohr geraunt, und dann wusste er, wie sehr sie ihn liebte. Jetzt, in diesem Moment, war es ihm wieder eingefallen. Liebes gewaschenes Seelchen.

Vorsichtig nahm er das Kind in den Arm, hüllte es gegen den schwachen Wind umsichtig in die Tücher und machte sich auf den Weg.

Marten Buhrow, der am Himmelfahrtsmorgen ein Neugeborenes am Strand gefunden hatte, schritt aufrecht, mit hoch erhobenem Kopf langsam dem Süderende entgegen. Er sah nicht nach rechts oder links, bis er am Haus seiner Eltern angelangt war und die niedrige Tür unter dem Strohdach sich hinter ihm schloss.

Samstag

„Marie!"

Durch die offene Tür war der Ruf nicht zu überhören, ebenso wenig wie der gleichermaßen gereizte und empörte Unterton, der darin mitschwang.

„Was ist?", fragte sie zurück, obwohl sie wusste, worum es ging. Sie zog die Gummibänder an den Ecken der Matratzenschoner fest und raffte die schmutzigen Laken zusammen. Im Durchzug zwischen Tür und Fenster machten sich Staub und Flusen über die blanken Dielen unter die Betten und die Kommode davon. Sie würde ihnen später zu Leibe rücken müssen.

„Was ist?", wiederholte sie, als sie vor das Haus trat.

„Wo bleibst du denn?", fragte Oliver leiser, aber kaum weniger vorwurfsvoll. „Das Kind schreit wie am Spieß und du wurschtelst seelenruhig in der Wohnung herum!"

Er stand vor der Haustür, eine Hand in der Hosentasche, die andere am Kinderwagen. Die Glöckchen des Holzspielzeugs am Verdeck bimmelten hektisch. Das Kind wurde mehr geschüttelt als hin und her gewiegt.

„Du hättest sie herausnehmen können." Marie legte das Knäuel schmutziger Wäsche im Eingang ab und beugte sich über ihre Tochter.

„Und dann? Soll ich sie vielleicht stillen?", empörte sich Oliver.

Marie drehte sich mit dem Kind auf dem Arm zu ihm um. An ihrer Wange spürte sie, wie verschwitzt es war. Vom Weinen und von der ungewöhnlichen Hitze, die seit Tagen über der Insel lag. Hundstage. Schon April und Mai waren so sonnig gewesen wie sonst nirgendwo im Land. Die Wetterfrösche oben auf dem Hochland hatten fast dreihundert Sonnenstunden gezählt. Jetzt waren auch die letzten Quartiere seit Wochen ausgebucht.

„Ich wollte die Zimmer richten", sagte sie müde. „Es ist Viertel nach elf. In ein paar Stunden kommen die Nächsten und ich habe noch nichts geschafft außer dem da." Sie nickte zum Wäscheberg hinüber. „Vielleicht könntest du ...?"

Wenn er wenigstens schon staubsaugen würde, dann könnte sie Fenster, Bad und Küche noch rechtzeitig vor der Ankunft der neuen Gäste putzen. Aber er hatte sich schon zum Gehen gewandt und sie wusste, was jetzt kam.

„Das fällt dir etwas spät ein. Ich hätte das Atelier schon vor einer Stunde aufschließen müssen. Es hängt noch kein einziges Bild draußen."

Er hatte Recht. In der Saison gaben Ankunft und Abfahrt der Fähren den Takt an, in dem die Insel lebte. Die Fuhrwerke mit den schweren Mecklenburgern im Geschirr mussten am Anleger stehen, in den Lokalen die Tische gedeckt sein. Andenkenläden und Ateliers taten gut daran, sich auf Schwärme von Kunden einzustellen, die ein Souvenir suchten.

„Natürlich“, gab sie mit einem entschuldigenden Lächeln nach. „Es ist eben alles ein bisschen viel im Moment.“

Er strich ihr flüchtig mit der Außenseite seiner Finger über die Wange. „Besser so, als wenn nichts los wäre, oder?“

Bevor sie ihren Kopf an seine Hand schmiegen konnte, machte er sich auf den Weg durch den Garten zu dem kleinen quadratischen Haus, das sein Strohdach wie eine dicke Pudelmütze trug.

Marie ließ in der Gästewohnung alles, wie es war. Fenster und Türen blieben offen, um die Räume mit frischer Seeluft zu füllen. Nur die Schmutzwäsche schob sie mit dem Fuß in das kleine Badezimmer, damit vorbeigehende Spaziergänger nichts sahen als eine sonnendurchflutete Ferienwohnung, die bis zum Nachmittag blitzsauber gemacht werden würde.

Das Haus war eines der ältesten in Vitte. Von seinen ärmlichen Torf- und Lehmwänden stand nichts mehr außer ein paar dicken Feldsteinen, die beim Umbau im Sockel des Ostgiebels zum Vorschein gekommen waren. Aber es hatte seine breite, geduckte Form behalten und stemmte sich wie vor hundert Jahren mit tief in die Stirnseiten gezogenem Strohdach gegen jedes bedrohliche Wetter.

Das Kind hatte aufgehört zu weinen. Seine Hände tappten durch Maries Gesicht und seine suchenden Lippen machten kleine Schmatzgeräusche, als es sich am Ohrläppchen seiner Mutter festzusaugen versuchte. Marie lachte. Die Müdigkeit und der Anflug von Bitterkeit um ihren Mund verflogen.

„Da wirst du nichts finden, mein Schatz. Wir werden uns wohl in unsere Ecke verziehen müssen.“ Sie stützte den kleinen Kopf mit der linken Hand und küsste den Flaum, der sie an Entenküken denken ließ. Hellgelb und so fein, dass beim leisesten Hauch die Härchen vibrierten.

In der Stube saß Josefine noch immer in ihrem Sessel am Fenster. Obwohl es angenehm kühl im Raum war, glänzte ein Schweißfilm auf ihrem Gesicht und auf dem kleinen Tisch lag ein Knäuel zerknüllter Zellstofftücher. Die Hände gingen unruhig im Schoß hin und her. Es sah aus, als zählte die Greisin unaufhörlich Geld mit den gestreckten Daumen über den gebogenen Fingern.

Meist verstanden sich die Frauen, ohne viel miteinander zu sprechen. Aber jetzt fragte Marie besorgt: „Kein guter Tag heute, Finchen?“

Josefine Gau schüttelte den Kopf. „Nee“, antwortete sie knapp. Es war nicht ihre Art, viele Worte zu machen und zu jammern schon gar nicht. Bisher waren nach so schlechten Tagen wie heute auch wieder bessere gekommen. Allen machte die Hitze zu schaffen, warum nicht auch einer alten Frau, die mit einundneunzig Jahren ja wohl zittrig sein durfte.

Außerdem kam jetzt eine schöne halbe Stunde. Das Kind forderte sein Recht, und wenn es trank, tat seine Zufriedenheit auch Josefine gut.

Ihr Blick ging aus dem Fenster über die prallen dunkelrosa Blüten der Hortensienbüsche hinweg zur Straße. Fahrradfahrer. Menschen mit Sack und Pack für den Strand. Eine Frau blieb stehen und bewunderte den Garten. Gegenüber warf die Postbotin Briefe in den Kasten am Zaun.

Im Zimmer Stille. Nur die kleinen Laute des Kindes und, wenn Josefine genau hinhörte, Maries gleichmäßiges Atmen.

Zwei Fliegen inspizierten die Takelage der Brigg *Matilde,* die Hermann Carl Gau vor mehr als hundert Jahren zu bescheidenem Wohlstand verholfen hatte. Schiffer auf großer Fahrt hieß das damals noch. In dunklem Rahmen hing das Bild gegenüber den Südfenstern, das hereinströmende Mittagslicht ließ die Segel auf der Leinwand leuchten.

„Fine?"

„Mh."

„Ich werde heute kein Mittagessen kochen können, sonst ist die Wohnung nicht fertig, wenn Lehmanns kommen."

„Die Jungen oder die Alten?"

„Diese Woche Herbert und Ilse. Wie immer in der mittleren Wohnung. Renate und Horst kriegen nächsten Sonnabend die große."

Josefine nickte. Herbert und Ilse Lehmann aus Halle. Als Liebespaar waren sie vor achtundvierzig Jahren das erste Mal auf der Insel. Doppelzimmer mit Frühstück. Waschgeschirr auf der Kommode, Plumpsklo auf dem Hof. Seitdem hatte sich viel geändert, nicht nur, dass es zwei weitere Generationen Lehmann gab, die ihre Ferienwohnungen dort hatten, wo früher Stallungen waren.

„Ich brauch kein Essen. Aber Tee hätt ich gern."

„Mach ich", Marie war erleichtert, „wenn du Leonie so lange nimmst." Sie legte Josefine das Kind in den Schoß und wartete ab, bis sich die zitternden Arme um den kleinen Körper geschlossen hatten. Leonie lächelte dem runzligen Gesicht unter den schütteren weißen Haaren zu. Das sanfte Rütteln und Zucken gefiel ihr.

*

Einen Moment erwog Marie, den Kinderwagen nach hinten zum Atelier zu schieben, dessen Fenster und Türen weit offen standen. Sie sah ein Paar hin und her gehen.

Der Mann und die Frau hielten die Hände auf dem Rücken verschränkt, beugten sich vor, traten zwei Schritte zurück und gingen wieder dichter an die Bilder heran. Vielleicht sagte die Frau gerade, dieses oder jenes Bild werde gut zu den blauen Gardinen passen oder zum roten Sofa. Dann würde Oliver vor Wut schäumen. Nicht jetzt, in diesem Moment, aber abends, wenn er von seinen Kunden erzählte und sie einteilte. Banausen oder Kenner, je nach ihren Kommentaren zu seinen Bildern.

Einmal hatte sie einzuwenden gewagt: „Hauptsache ist doch, dass sie etwas kaufen." Sie hatte den Satz sogar vorsichtig als Frage ausklingen lassen. Trotzdem war er zornig geworden: „Als wenn du etwas davon verstehst, wie es mir dabei geht! Für dich zählt eben nur das Geld, für mich gibt es da noch ein klein wenig mehr!"

Ein Kinderwagen vor dem Atelierfenster war wohl auch nicht das, was er brauchen konnte. Marie warf noch einen Blick auf das schlafende Kind, seine leicht geröteten Wangen, den Mund mit dem hellen Hautzipfel an der Oberlippe und die entspannt geöffneten kleinen Hände. Leonie schlief tief und blieb vielleicht die nächsten beiden Stunden ruhig. Marie zog das Insektennetz um das Wagenverdeck fürsorglich fest, bevor sie das Kind in den Schatten des Apfelbaumes zwischen Haus und Atelier stellte.

Sie begann ihre Arbeit dort, wo sie vor einer Stunde aufgehört hatte, trug die Wäsche zur Waschmaschine, saugte die Fußböden sorgfältig ab, um sie anschließend feucht zu wischen. Reinigte Duschwanne und Toilette. Als sie die Sesselpolster zum Lüften nach draußen trug, sah sie nach dem Kind. Nickte den vier Hamburgerinnen aus dem Haus auf der Wiese zu, die sich lachend über den Wagen beugten. Erleichtert, wie Marie schien. Frauen um die sechzig, die den Spagat zwischen Arbeit und Kind hinter sich hatten. Jedes Jahr kamen sie für eine Woche. Klönen, kochen, Karten spielen. Ohne Männer, ohne Stress. Marie wischte sich mit dem Handrücken den Schweiß von der Stirn und hätte sich auch gern in Leinenkleid und Sandalen zum Strand schlendern sehen, anstatt in ausgeleierten Shorts und verwaschener Bluse Fenster zu putzen. Zwischendurch warf sie einen Blick auf die Uhr. Halb zwei. Noch die Betten beziehen. Den Blumenstrauß auf den Esstisch. Dann konnte sie duschen. Oder erst das Kind stillen. Um Viertel vor drei wollte sie am Hafen sein, rechts den Wagen mit dem Kind, links den für das Gepäck, das die Lehmanns von der Fähre schleppten.

Deine Planung ist eben schlecht, sagte Oliver gern. Wenn du besser planen würdest, könntest du dir eine Menge Stress sparen.

Für morgen plane ich gar nichts, dachte sie, während das Fensterleder über die letzte Scheibe quietschte. Morgen werde ich den ganzen Tag für mich haben. Für mich und Leonie. Ihren Geruch. Das juchzende Lachen, das seit ein paar Tagen neu ist und sich nach Glück anhört.

Einmal hatte der Kinderwagen kurz geschaukelt. Als sie jetzt nach dem Kind sah, schlief es wieder mit gleichmäßigen Atemzügen und fest geschlossenen Augen. Kein Liderzucken kündigte das Ende der Mittagsruhe an. Kurz vor zwei. Wenn sie sich mit dem Duschen beeilte, blieb genug Zeit, dem Kind noch in Ruhe die Brust zu geben.

Marie konnte nicht ahnen, dass sie diesen Moment hundertmal, tausendmal durchdenken würde. Den letzten Blick auf das Kind, mit dem sie sein Bild nur flüchtig in sich aufnahm, und es dann ein wenig weiter Richtung Zaun in den Apfelbaumschatten schob. Die offenen Fenster des Ateliers hinten im Garten, die Bilder auf den Staffeleien vor der Tür. Der Zaun. Der Weg quer durch die Wiese. Die Menschen darauf. Der Baum mit den halbreifen Äpfeln. Das sonnenverdorrte Gras im Garten. Die Heckenrosen an der Straße.

Es kam selten vor, dass Oliver das Kind aus dem Wagen nahm. Entweder er meldete: „Leonie weint“, oder er schob den Kinderwagen so weit in Maries Nähe, dass sie es selbst hören musste. Wahrscheinlich hatte er vergeblich gerufen, während sie unter der Dusche stand, und so hatte er sich seiner schreienden Tochter erbarmt. Dabei musste er es eilig gehabt haben, denn das Insektennetz war nur halb vom Verdeck gezogen, die dünne Decke mit dem Muster aus bunten Bällen und Teddybären achtlos zur Seite geschoben.

Langsam schlenderte Marie Richtung Atelier und genoss zum ersten Mal an diesem Tag die Wärme, in der ihr Haar schon fast getrocknet war. Nur zwischen den Schulterblättern lag es noch kühl und feucht auf der Haut. Sie fuhr sich mit gespreizten Fingern den Nacken hoch, um es aufzulockern. Durch die weit geöffneten Fenster sah sie die Bilder an den weiß gekalkten Wänden und hörte Gelächter. Frauenstimmen.

Marie sah prüfend an sich herab. Doch, befand sie, so konnte sie sich sehen lassen. Hellblaues Sommerhemd, saubere Shorts, weiße Leinenschuhe statt der Arbeitslatschen vom Vormittag. Wenn sie schon in Olivers Reich auftauchte, wollte sie ihm keinen Anlass zu spöttischen Blicken geben, oder, schlimmer noch, für das gereizte Zögern in seiner Stimme, wenn er sie seinen Kunden vorstellte.

Zwei Frauen standen mit dem Rücken schräg zur Tür, jede ein Glas Wasser in der Hand, vor ihnen auf der Staffelei eine Heidelandschaft mit den üblichen Beigaben. Blauer Himmel über einer weiten violetten Fläche. Weiße Sommerhäuser zwischen niedriges Buschwerk getupft, im Hintergrund Bodden. Die Frauenköpfe wiegten von rechts nach links. Gleich würden sie ein Stück zurücktreten und den Blick auf Oliver und Leonie freigeben.

Marie hob erstaunt die Augenbrauen. Sie sah Oliver in seiner Lieblingshaltung, die linke Hand in der Hosentasche, die rechte frei zum Gestikulieren. Er hielt in der Bewegung der erhobenen Hand inne.

„Was ist?", fragte er knapp. Er ließ sich ungern in Verhandlungen stören.

„Wo ist Leonie?" Sie ging zögernd auf ihn zu, während ihr Blick über die Sitzgruppe mit den beiden Sesseln und dem kleinen Tisch weiter zum Zeichentisch wanderte und dann an der steilen Stiege hinauf unters Dach hängen blieb. „Hast du sie nach oben gebracht?"

Sie konnte kaum glauben, dass er das Kind auf die Matratze in dem niedrigen, stickigen Raum dort oben gelegt hatte.

„Bist du verrückt? Du hast sie doch draußen in den Wagen gelegt." Ihm schien nicht klar zu sein, was er da sagte. Er musste doch wissen, dass sie nicht nach dem Kind fragen würde, wenn es noch unter dem Apfelbaum schliefe. Die Angst schoss in jede Faser ihres Körpers. Am liebsten hätte sie laut geschrien, aber sie stürzte nur wortlos an den beiden Frauen vorbei, die nicht begriffen, was sich vor ihren Augen abspielte.

Sie rannte zum Haus, machte kehrt und hastete zum Kinderwagen zurück, der genauso leer und verlassen dastand wie ein paar Minuten zuvor.

Josefine sah ihr wie erstarrt entgegen, als sie die Stubentür aufriss und schrie: „Hast du Leonie gesehen?" Bevor Fine antworten konnte, stürmte Marie weiter in die Küche, in das kleine Zimmer daneben, die Treppe hinauf und oben durch alle Räume.

Als ob ein drei Monate alter Säugling sich allein auf den Weg in sein Kinderzimmer machen könnte.

*

An der Wand gegenüber hing der Jahreskalender, weiter rechts das Gewerkschaftsplakat mit der Polizeimütze: Ihre Sicherheit ist unser Auftrag.

Dazwischen die Urkunde *Achtzig Jahre Polizeistation Hiddensee 1924-2004*, die irgendein Witzbold mit einer silbernen Jubiläums-Achtzig gebastelt und an die Tür der Station gepinnt hatte.

Eigentlich gar nicht so schlecht, dachte Polizeiobermeister Pieplow und überlegte, ob er zum hundertsten Jahrestag noch hier sein würde. Falls ja, dann nur wenn sich frauenmäßig bald mal was Festes ergab. Weiß der Kuckuck, warum das bisher nicht geklappt hat, dachte er missmutig. So schlecht sah er doch gar nicht aus. Stattliche einsachtzig groß, blond, kein Bauchansatz, trotz seiner zweiunddreißig Lenze, blaue Augen und kein bisschen Haarausfall.

„Die von Löwe waren besser." Lothar Kästner stützte den Ellenbogen auf den Schreibtisch und begutachtete den Berliner in seiner Hand, indem er ihn bedächtig zwischen Daumen und Zeigefinger hin und her drehte. Der Puderzucker rieselte auf den ungeschriebenen Tagesbericht. Polizeihauptmeister Kästner war seit vierzehn Jahren Schutzpolizist auf Hiddensee, stationiert in der *Hauptstadt* Vitte, und von Berlinern verstand er was. Die von Bäcker Löwe am Norderende waren in Vitte die besten gewesen, das war mal sicher. Aber den gab's ja leider nicht mehr. Und extra nach Kloster zu fahren, um sich in die lange Schlange vor Bäcker Kasten einzureihen, dazu hatte er keine Lust gehabt.

„Mh", machte Pieplow nur. Einerseits, weil er den Mund voll Pfannkuchen hatte, andererseits, weil er der Neigung seines Kollegen, alles Vergangene grundsätzlich besser zu finden als das Gegenwärtige, nicht unnötig Nahrung geben wollte. Kästner war ranghöher, dienstälter und gebürtiger Hiddenseer. Pieplows Familie stammte vom Darß, und schon deswegen konnte er sich über einen Mangel an abfälligen Bemerkungen nicht beklagen.

„Wir haben die Darßer noch nie ausstehen können“, gehörte zu Kästners Standardrepertoire, gerade so, als gehe es heute noch darum, an wessen Westküste die erfolgreichste Strandräuberei betrieben wurde. Dabei waren Kästners Großeltern ostpreußische Bauern gewesen, die der Flüchtlingsstrom nach dem Zweiten Weltkrieg auf die Insel gespült hatte.

Auf dem Schreibtisch dampfte der Kaffee aus zwei Großraumpötten.

„Nach'm Kaffee fahrn wir 'ne Runde.“ Kästner hatte nun doch vom Berliner zweiter Wahl abgebissen und sprach undeutlich.

„Mh“, machte Pieplow wieder und pustete mit spitzen Lippen in seinen heißen Kaffee.

Den Behauptungen der Hiddenseer, ihre Polizisten hätten den ganzen Tag nichts zu tun, begegnete man am besten mit einer der wichtigsten polizeilichen Tätigkeiten. „Wir müssen Präsenz zeigen“, gehörte auch in den Fundus von Lothar Kästners Erkenntnissen.

Er wird den Satz bei einer Revierleiterfortbildung aufgeschnappt haben oder in einem Fernsehkrimi, Polizeiruf 110, dachte Pieplow, als das Telefon klingelte.

„Polizeistation Hiddensee." Kästner spülte den Rest Kuchen mit einem Schluck Kaffee hinunter. „Aber wie ..."

Pieplow ließ sich nicht stören. Zufrieden stellte er fest, dass seine Strategie wieder einmal richtig gewesen war. Genau gegenüber dem Einstichloch im Rand des Berliners sammelte sich die Himbeermarmelade. Genüsslich schob er sich den süßen Rest in den Mund und leckte die zuckrigen Finger ab.

„Ja ... nein ... wir kommen!" Pieplow hörte die Anspannung in Kästners Stimme. Er war schon auf dem Weg zur Tür, bevor Kästner sagen konnte: „Maries Kind ist weg!"

„Was heißt das: weg?"

„Keine Ahnung. Es lag nicht mehr im Kinderwagen, als sie es holen wollte." Kästner schob sich hinter das Lenkrad des Streifenwagens. „Mehr war in dem Geschrei nicht zu verstehen."

Auf das Martinshorn verzichtete er. Für die dreihundert Meter zu dem Haus zwischen *Godewind* und *Süderhof* hätte er das übertrieben gefunden, auch wenn sie durch den Zug der Fußgänger auf dem Norderende nur langsam vorankamen. An der Blauen Scheune stand ein Hobbyfotograf breitbeinig mitten auf der Straße, während seine Familie neben den mannshohen Königskerzen vor dem Künstlerhaus posierte. Mutter, Tochter, Sohn. Wie die Orgelpfeifen.

Um die Postkartenständer vor der Buchhandlung ein Pulk Tagesgäste. Schöne Grüße aus Hiddensee.

Querverkehr am Wallweg, die einen pilgerten zum Strand, die anderen Richtung Kaufhalle.

Kästners Hände griffen fest ums Lenkrad. Er drängelte, bis es genug Platz für den Streifenwagen gab.

Pieplow saß schweigend neben ihm und versuchte sich vorzustellen, was ihn erwartete. Irgendeine verdrehte Geschichte vermutlich. Ein Missverständnis. Jemand war mit dem Kind spazieren gegangen, ohne Bescheid zu sagen. Etwas in dieser Art, und Marie war gleich hysterisch geworden. Soweit Pieplow sich mit jungen Müttern auskannte, war das wohl nichts Ungewöhnliches. Obwohl, Marie war eigentlich nicht der Typ für Nervenzusammenbrüche. Eher ruhig, eigentlich immer gut gelaunt. Nett, fand Pieplow. Ziemlich groß für eine Frau, einsfünfundsiebzig, schätzte er. Schönes Haar, wellig, dunkel, manchmal im Nacken zusammengebunden. Seit sie das Kind hatte, vielleicht fünf, sechs Kilo zuviel, jedenfalls für seinen Geschmack. Aber natürlich kein Vergleich mit der Trommel, die sie bis zum Mai vor sich hergetragen hatte. Als sie vor vier Jahren ankam, um ganz auf der Insel zu bleiben, war nicht nur er skeptisch gewesen. Es gab zu viele, die vom Leben hier träumten, und dann nach dem ersten Winter schnell wieder das Weite suchten. Aber sie hielt durch, kümmerte sich um die alte Fine, um die Ferienwohnungen und alles andere auch.

Er sah ihr die Verzweiflung von weitem an, während Kästner sich noch darauf konzentrierte, den Wagen neben dem Zaun abzustellen. Wie gehetzt lief sie vom Apfelbaum hinter das Haus, kam wieder zum Vorschein und wandte sich Richtung Straße, nur um abrupt kehrtzumachen und zum Atelier zu laufen. Ihr Mann stand neben dem Kinderwagen, das Gesicht zur abweisenden Maske erstarrt. Die Arme hatte er um den eigenen Brustkorb geschlungen und mit den Händen krallte er sich in den Hemdseiten fest.

„Das gibt es nicht." Kästners Stimme klang ruhig und entschieden. „Hier verschwindet nicht einfach ein Säugling. Du wirst sehen, wie schnell sich das geklärt hat."

Anders konnte es gar nicht sein. Auf dieser Insel wurden nicht einmal Fahrräder geklaut, und wer seinen Rucksack am Strand vergaß, fand ihn ein paar Stunden später unangetastet genau dort, wo er ihn hatte stehen lassen. Drüben auf Rügen passierte schon mehr, vom Festland ganz zu schweigen. Aber nicht auf Hiddensee.

„Habt ihr die Nachbarn schon gefragt?" Kästner begann mit dem Einfachsten.

Marie schüttelte den Kopf. „Die nehmen doch nicht einfach Leonie mit!"

Ihre Stimme klang gepresst und so, als flehe sie ihn an, endlich etwas zu tun.

„Trotzdem", beharrte er. Eine Seitwärtsbewegung seines Kopfes gab Pieplow den wortlosen Auftrag, sich der Sache anzunehmen. Er selbst legte Marie den

Arm um die Schultern, um sie ins Haus zu führen. Sie wich ihm mit einer heftigen Bewegung aus.

„Nicht", flüsterte sie, „nicht anfassen."

Die alte Fine stand in der Haustür, als sie aus dem Garten kamen. Der Stock, auf den sie sich stützte, wackelte bedenklich hin und her, die andere Hand hatte Mühe, am Türrahmen Halt zu finden. Kästner sah auf die Uhr. Zehn nach drei. Seit über einer Stunde war das Kind weg. Es wurde Zeit, etwas zu unternehmen, und zwar das Richtige. Aber noch hatte er keine Ahnung, was das sein sollte.

Pieplow kam ohne die erhoffte Auskunft zurück. „Von denen hat keiner etwas gesehen. Da drüben", er zeigte auf ein Sommerhaus, neben dessen blauer Haustür eine Clematis Richtung Reetdach kletterte, „ist seit heute Morgen um zehn niemand mehr. Die Gäste von letzter Woche sind abgereist und die Neuen noch nicht da."

„Was ist mit Marten?"

Pieplow verneinte mit einer langsamen Kopfbewegung. „Nix", sagte er knapp.

„Da ist sie nicht", schluchzte Marie. „Ich hab ihn schon gefragt." Sie schlug die Hände vors Gesicht und stöhnte laut auf.

„Wenn das die Wahrheit ist." Oliver hatte bisher kaum gesprochen, nur in der Nähe der Tür gestanden und mit starren Augen verfolgt, was geschah. Dass Kästner Marie zum Sitzen nötigte und trotz ihres Widerstandes seine fleischige Hand auf ihrer Schulter liegen ließ. Dass die Alte in ihrem Sessel zitterte wie nie zuvor. Dass Pieplow von seiner läppischen Befragung zurückkam. „Schließlich ist es nicht das erste Mal, dass der ein Kind verschleppt."

„Quatsch! Der Junge lügt nicht", fuhr Kästner ihn an, obwohl er selbst es gewesen war, der nach Marten gefragt hatte.

Oliver entgegnete nichts, aber Anspannung und Wut machten seine Augen schmal, und unter der gebräunten Haut seiner Wangen sah man die Kieferknochen mahlen.

Jemand öffnete von außen zaghaft die Tür.

Wenn man vom Teufel spricht, dachte Pieplow, als Hedwig Buhrow ins Zimmer trat.

„Habt ihr sie?"

Marie hob kurz den Blick. Als sie die Bedeutung der Frage erfasste, sank sie wieder in sich zusammen.

„Nein", antwortete Kästner. „Aber gut, dass du kommst. Jemand muss sich um Marie und Fine kümmern." Dann stürmte er aus dem Haus, als sei er auf der Flucht. Pieplow folgte ihm.

„Früher hätt's so was nicht gegeben." Kästner wischte sich mit seinem altmodischen Stofftaschentuch den Schweiß von der Stirn.

Pieplow sagte nichts.

„Und nun?" Kästner stierte ratlos auf die Straße hinter dem Gartenzaun. „Guck dir das an. Jeder von denen könnte das Kind einfach weggeschleppt haben."

Pieplow nickte zustimmend. Sporttaschen, Rucksäcke, ein Familienvater mit Kühltasche in der einen und riesigem blauen Ikea-Beutel in der anderen Hand. „Kripo. Ich glaub, wir brauchen die Kripo."

Diesmal war es Kästner, der „mh" machte. Er kratzte sich nervös die Halbglatze, sah auf die Uhr und noch einmal auf die Urlauber mit ihrem Strandgepäck. Er musste eine Entscheidung treffen, und jeder Fehler konnte das Kind in Gefahr bringen, wo immer es sein mochte. Aber vielleicht lag die Lösung so nah, dass er hinterher wie der größte Trottel der Republik dastand. Der Dorfpolizist, dem so etwas Albernes wie eine kindervernarrte Nachbarin über den Kopf gewachsen war. Dann konnte er einpacken. Hier auf der Insel würde er die Blamage nie wieder los. „Hey, Lothar, bei Freese sind zwei Hühner verschwunden! Willste nicht Interpol einschalten?" Er konnte die Häme jetzt schon hören.

Der nächste Blick auf die Uhr sagte ihm, dass noch genau zehn Minuten Zeit blieben, bevor die Schiffe aus Kloster und Vitte in Schaprode anlegen würden. Kästner gab sich einen Ruck und zog das Telefon aus der Tasche.

Er atmete schnaufend, während er darauf wartete, dass die Verbindung zustande kam. Sein Blick ging suchend durch den Garten und wieder hinaus zur Straße, als könne er doch noch etwas entdecken, das die ganze Aktion überflüssig machte. Dann hob er mit einem Ruck den Kopf, und Pieplow wusste, dass

Kapitän Carsten Gau sich gemeldet hatte. Kästner hatte zwei, höchstens drei Minuten, um zu erklären, was er wollte.

„Wenn jemand das Kind entführt hat, kann er nur mit euch von der Insel runter ... Nein ... Das weiß ich nicht, Herrgott noch eins ... Ja ... aber wenn ich erst in Bergen anrufe, habt ihr schon angelegt, ehe überhaupt etwas passiert ... Zehn Minuten nur, das wird doch wohl zu machen sein? ... Gut ... Ja, spätestens in zehn Minuten."

Vor der Hafeneinfahrt von Schaprode drosselte die *Vitte* ihre Maschinen. Ein paar hundert Meter weiter draußen wunderten sich zweihunderteinundneunzig Passagiere an Bord der „Gellen", dass ihre Fahrt von Kloster zurück nach Rügen plötzlich unterbrochen wurde.

Kästner hatte keine Zeit, über das nachzudenken, was er anrichtete. Er ließ sich mit dem Kriminaldauerdienst in Bergen verbinden und hoffte, dass die Kollegen ihn nicht für hysterisch hielten.

Ein drei Monate alter Säugling, fasste er knapp zusammen. Weiblich. Keine besonderen Merkmale. Ein Säugling eben, in rosa-rot-blau geringeltem Hemdchen. Kein Hinweis auf seinen Verbleib. Keine Erklärung für das Verschwinden des Kindes. Offensichtlich aus dem Kinderwagen genommen, in dem es schlief. Vitte, Süderende, gegen vierzehn Uhr. Und dass zwei Schiffe vor Schaprode auf Anweisung warteten.

„Sie kommen." Kästner klang erleichtert und holte tief Luft, bevor er fortfuhr: „Wir sollen den Tatort sichern. Dann ..."

Ein Schrei drang aus den geöffneten Fenstern des Hauses in den Sommernachmittag, lang gezogen und so verzweifelt, dass es Pieplow fröstelte.

„Ruf den Arzt", wies er an, „ich kümmere mich um die Absperrung." Er machte sich in Richtung Auto davon, froh, nicht in das Haus zu müssen, in dem es schlagartig still geworden war. Vielleicht ist sie in Ohnmacht gefallen, dachte er, es wäre ja fast ein Segen.

Dem Streifenwagen hatte bisher niemand Beachtung geschenkt. Bei Maries Schrei waren die ersten Passanten stehen geblieben. Als Pieplow jetzt den Kofferraum öffnete und mit dem rot-weißen Absperrband den schmalen Pfad über die Wiese Richtung Atelier ging, hatte er schon ein Dutzend Zuschauer und wusste nicht genau, ob er sich eher wichtig oder mehr unbehaglich fühlen sollte. Er entschied sich für unbehaglich, als er sah, wie schnell immer mehr Neugierige kamen, die jede seiner Bewegungen verfolgten.

Wie er mit dem Band zwischen zwei Zäunen die Passage über die Wiese unmöglich machte und dann die Kamera aus dem Wagen holte. Wie er aus verschiedenen Perspektiven fotografierte und schließlich den Kinderwagen in die Rettungsdecke einhüllte, die eigentlich Unfallopfer warm halten sollte. Der Wagen stand mit seiner glänzenden Hülle wie ein riesiges bösartiges Präsent unter dem Apfelbaum. Etwas weniger Auffälliges wäre Pieplow lieber gewesen. Doch besser so, entschied er, als dass eine Möwe möglicherweise auf den einzigen verwertbaren Fingerabdruck kackt oder ausgerechnet jetzt Wind aufkommt und wichtige Faserreste davonbläst.

„Was ist denn hier passiert?“, wollte ein hagerer Braungebrannter mit weißer Baseball-Kappe wissen, der ihm den Weg zum Auto zurück versperrte.

„Treten Sie bitte zurück!“, forderte Pieplow, statt Auskunft zu geben, und: „Gehen Sie bitte weiter!“ Kaum jemand kümmerte sich darum. Eigentlich niemand. Immer mehr Leute blieben stehen, einige fotografierten, zwei kleine Jungs begannen wild am Absperrband zu zerren. Pieplow breitete die Arme aus, als müsse er an einer belebten Kreuzung die Ampelanlage ersetzen.

Der Arzt kam und verschwand grußlos im Haus.

„Herr Wachtmeister!“ Eine Frau zupfte an Pieplows Uniformhemd. „Hören Sie, Herr Wachtmeister ...“

„Gehen Sie bitte weiter“, wiederholte Pieplow.

„Aber ich ...“

„Weitergehen, bitte!“

„Aber mir ist ein Fahrrad geklaut worden!“, protestierte die Frau.

Pieplow fühlte sich überfordert. Tatort sichern, Gaffer in Schach halten und Diebstahlsanzeige aufnehmen, waren eindeutig zu viele Aufgaben gleichzeitig. Die Jungs von der Feuerwehr befreiten ihn aus seiner Zwangslage. Sie übernahmen die Absperrung und den Dialog mit den Urlaubern.

„Treten Sie bitte zurück!" „Weitergehen! Gehen Sie bitte weiter, hier gibt's nichts zu sehen!"

Aber sie hatten außer Verstärkung für die Ortspolizei auch ihr Einsatzfahrzeug mitgebracht. Es stand groß und rot mit stumm kreisendem Blaulicht zwischen Streifenwagen und Arztauto, so dass jeder sah: Hier ist etwas passiert!

Bald würden nicht nur die stehen bleiben, die zufällig vorbeikamen. Pieplow fragte sich, wie lange es dauern würde, bis sich herumgesprochen hatte, dass es am Süderende Unterhaltung gab, die in keinem Veranstaltungskalender angekündigt war. Er seufzte und hatte das Gefühl, sich wie ein blutiger Anfänger zu verhalten. Die Frau mit dem gestohlenen Fahrrad vertrieb sich die Wartezeit mit Spekulationen über das verschwundene Kind.

„Man liest ja so viel heutzutage", sagte sie zu einem älteren Ehepaar neben sich, das zustimmend nickte. „Gar nicht auszudenken, was da passiert sein kann."

„Was ist jetzt mit Ihrem Fahrrad?", unterbrach Pieplow und nahm es hin, dass er mit einem Blick bedacht wurde, der etwas wie ‚wurde auch Zeit' ausdrückte.

„Ich hab's da hinten nur kurz abgestellt", erklärte sie. Ihr ausgestreckter Arm wies auf ein Zaunstück gegenüber dem Süderhof. „Noch nie ist mir hier etwas weggekommen, und jetzt das!"

„Wie sah es denn aus?"

„Was?"

„Das Rad natürlich." Pieplow bemühte sich um Geduld.

„Ach so. Ja, grau. Oder eher grau-braun."

„Marke?"

„Diamant. Ein grau-braunes Diamant-Damenrad."

„Wie alt?"

„Warten Sie, es hat meiner Mutter gehört. Anfang der Siebziger wird sie's gekauft haben. Wenigstens so ungefähr. Ist aber alles noch dran. Und der Gepäckträger ist neu, aus Silber. 17,90 Euro hat der gekostet, Herr Wachtmeister!"

Auf Pieplows Block stand Damenrad, Diamant, grau-braun, dreißig Jahre alt, neuer Gepäckträger, chromfarben. Er flüchtete in die Floskel „Wir kümmern uns drum", um die Frau endlich loszuwerden, und wollte sich Wichtigerem zuwenden.

„Aber Sie haben meinen Namen noch gar nicht aufgeschrieben!", rief sie ihm empört hinterher. Er murmelte einen unverständlichen Fluch, schrieb den Namen zu den anderen Angaben. Und hatte die Angelegenheit zwei Minuten später vergessen.

*

Dort, wo sich in Schaprode die schmale Straße am Hafen zu einem kleinen Platz weitet, fuhren in Minutenabständen die Streifenwagen aus Trent, aus

Gingst und Ummanz vor. In den Maschinenräumen der *Vitte* und der *Gellen* begannen die Dieselmotoren wieder zu dröhnen und schoben die Schiffe in Richtung Kaimauer. Über die Lautsprecher wiederholten die Kapitäne ihre Anweisungen. Ruhe bewahren, langsam zum Ausgang, nicht vordrängen, Ausweise bereithalten.

Wie viel davon befolgt würde, musste sich noch zeigen. Fast vierhundert Menschen ließen sich nicht ohne weiteres aufhalten, vor allem dann nicht, wenn der Urlaub zu Ende war und man es noch weit bis nach Hause hatte.

Inzwischen mochten es zwanzig Polizisten sein, die Ausweise entgegennahmen, Personalien notierten und Kinder ihren Eltern zuordneten. Sie ließen sich den Inhalt von Koffern, Reisetaschen und Rucksäcken zeigen. Ihre Lederhandschuhe schützten vor scharfkantigen Muscheln, schmutziger Wäsche und klebrigen Proviantresten, wenn sie in Gepäckstücken wühlten, von denen sich viele nach der Inspektion kaum noch schließen ließen.

Niemand nahm Notiz von den drei Männern, die mitten im größten Durcheinander ein Wassertaxi bestiegen.

„Was für ein Chaos", stellte der Jüngste von ihnen zufrieden fest. „Wie auf der Titanic vorm Untergang." Zum Schutz vor der aufspritzenden Gischt ließ er mit einem Stirnrunzeln seine Sonnenbrille vom Haar auf die Nase gleiten.

„Das wird noch besser“, unkte der zweite im anschwellenden Motorenlärm. Er stellte einen klobigen Metallkoffer auf die seitliche Fahrgastbank, als sie mit hohem Tempo davonbrausten. „Auf der Insel können noch gut und gern dreitausend Leute sein, die nach Rügen wollen. Oder besser gesagt müssen, weil sie sonst die Nacht im Freien verbringen werden. Um diese Jahreszeit findest du auf Hiddensee nicht mal mehr in einem Bretterschuppen ein freies Bett.“

„Hauptsache, es kommt etwas Vernünftiges dabei heraus. Ich hab wenig Lust für diesen Aufriss den Kopf hinzuhalten, wenn das Kind in zwei Stunden plötzlich wohlbehalten wieder da ist“, knurrte der Dritte.

„So ist das, wenn man Chef ist, Chef“, feixte sein bebrillter Kollege.

Er kann einem auf den Senkel gehen mit seiner guten Laune, dachte Hauptkommissar Henrik Schöbel verdrossen. Hoffentlich übernehmen die Stralsunder, dann bin ich die Verantwortung los.

Bei einem Kapitalverbrechen würde eine Sonderkommission gebildet werden, bei der er nur in zweiter Reihe mitzuarbeiten brauchte. Schöbel fuhr sich mit der Hand über das rötliche krause Haar und über den verspannten Nacken. Im Hals knackte es unheilvoll, als er langsam den gesenkten Kopf hin und her pendeln ließ. Das war nichts für ihn. Über ein Kapitalverbrechen an einem Säugling nachzudenken, fand er so grauenvoll, dass er sich fast wünschte, er dürfe für ein paar Hundert verpasste Anschlusszüge die Verantwortung übernehmen. Dann wäre wenigstens dem Kind nichts passiert.

Kästner stand schon am Anleger, als das Wassertaxi längsseits an die Hafenmauer manövrierte. Er begrüßte zuerst Schöbel mit Handschlag. Man kannte sich. Das Findelkind an Himmelfahrt vor zwei Jahren. Die Aktion im vergangenen Sommer wegen der Korruptionsgeschichte. In beiden Sonderkommissionen war der rothaarige Bergener dabei gewesen. Kindsaussetzung und Wirtschaftskriminalität. Und heute etwas, das aussah wie eine Entführung. Kästner ahnte, dass die Übergabe, mit der er jetzt auf der Fahrt vom Hafen zum Süderende den Fall an Schöbel übertrug, in ein paar Stunden wiederholt werden musste, wenn sie Leonie nicht fanden. Dann würde das Kriminalkommissariat Stralsund übernehmen.

Er wich einem Dreikäsehoch aus, der mit seinem papageienbunten Rad plötzlich die Straßenseite wechseln wollte und dafür von seinem Vater einen Klaps auf den Hinterkopf kassierte. „Ganz schön was los", stellte Schöbel auf dem Beifahrersitz fest.

„Hochsaison." Kästner fand, das erklärte alles. Das Gedränge zwischen Kaufhalle und Fotogeschäft. Die wild durcheinander geparkten Räder am Ende des Wallwegs. Und auch das spurlose Verschwinden eines Säuglings, ohne dass jemand etwas bemerkt hatte.

„Kurz vor zwei hat die Mutter es zum letzten Mal gesehen. Die Kleine lag schlafend im Kinderwagen unter dem Apfelbaum auf dem Grundstück. Viertel nach zwei wurden wir gerufen und waren kurz danach am ..." Unfallort hatte Kästner sagen wollen und gerade noch gemerkt, wie wenig das passte. „... Einsatzort. Die Eltern suchten im Garten und im Haus nach dem Kind. Bei den unmittelbaren Nachbarn waren sie schon gewesen. Keiner von denen hatte die Kleine aus dem Kinderwagen genommen und auch niemanden dabei beobachtet. Kollege Pieplow hat auch noch in den weiter entfernten Häusern gefragt. Nichts. Wie vom Erdboden verschluckt. Die *Vitte* und die *Gellen* hab ich vor der Einsatzleitstelle verständigt, weil sonst wohl die Zeit nicht gereicht hätte, um die Passagiere noch zu erwischen." Kästner warf einen kurzen Blick auf die Uhr im Armaturenbrett. „Jetzt ist es sechzehn Uhr einundfünfzig und ihr seid dran."

Schöbel sah schweigend auf die Szene vor sich. Gaffer. Ein Eisverkäufer mit Kühlbox vorm Bauch, der sonst wohl den Strand abklapperte. Die Jungs von der Feuerwehr mit Flaschen in der Hand. Der Polizist vor dem Gartentor musste dieser Pieplow sein, den seine Schulterstücke als Polizeiobermeister auswiesen.

„Die Feuerwehr, dein Freund und Helfer, immer am Löschen", höhnte der Junge mit der albernen Sonnenbrille im gegelten Haar.

„Sehr witzig." Kästner klang ärgerlich. „Was würdest du machen, wenn du nur zu zweit bist und so eine Sache am Hals hast? Deine Kumpels in der Disco anrufen? Und du wirst es nicht glauben, sogar die Jungs von der Seenotrettung sind hier irgendwo und suchen die Kleine oder kontrollieren die Segler, die ..."

„Was ist denn das da für ein Kunstwerk?", unterbrach ihn der Mann von der Spurensicherung. Die Männer sahen nach links in den Garten.

Kästner räusperte sich. „Der Kinderwagen."

„Wärmeschutzfolie?"

„Na ja, wir hatten nichts anderes zur Hand."

„Clever. Ich glaube, das können wir so lassen und den Wagen verpackt mitnehmen."

Schöbel nickte zustimmend. Kästner nahm sich vor, das ‚Clever' irgendwann an Pieplow weiterzugeben.

„Pieplow? Hört sich an, wie 'ne einheimische Vogelart", witzelte der junge Bergener.

Kästner verkniff sich eine Antwort. Pieplow zu triezen war sein persönliches Privileg, aber dem Grünschnabel auf der Rückbank was von uralten Darßer Namen zu erzählen, hielt er für Zeitverschwendung.

„Dann wollen wir mal", brummte Schöbel, während er sich aus dem durchgesessenen Beifahrersitz nach draußen wuchtete. Das Publikum vor dem Haus würdigte er keines Blickes. Gaffer waren ihm schon immer auf die Nerven gegangen, dagegen halfen auch die guten Hinweise nichts, die der *Kommissar Öffentlichkeit* ihm schon geliefert hatte.

*

Das Kind schrie, als ginge es um sein Leben. Auf der dunkelroten Stirn und der winzigen Oberlippe über dem weit aufgerissenen Mund glitzerten kleine Schweißperlen. Mit Schleim und Speichel vermischt rannen sie über die Wangen und bildeten rechts und links neben den Ohren nasse Flecken auf dem Laken. Wenn es erschöpft für ein paar Augenblicke innehielt, brachten sich der Arm und die Rippen daneben mit einem dumpfen Schmerz in Erinnerung. Was Leonie in den drei Monaten ihres Lebens gelernt hatte, zerbarst Stück für Stück in ihrer unendlichen Angst. Der kleine Mensch, der gerade zu lächeln begonnen hatte, wurde wie ein junges Tier, das mit dem Instinkt aller Lebewesen die Bedrohung spürte.

Ihre Augen wollten sich nicht an das dunkle Dach über sich gewöhnen und suchten vergebens nach dem vertrauten Spiel von Licht und Schatten, nach spitzen Sonnenstrahlen und weicher Dämmerung. Ihre Nasenflügel blähten sich, als könnte sie Witterung der Mutter aufnehmen, aber da war kein bekannter Geruch.

Es knackte und knarzte, wenn Schritte näher kamen, die Leonie noch nie gehört hatte. Ein paar Mal waren sie schon von unten heraufgekommen. Dann hatte Leonie aufgehört zu schreien. Auch wenn die Geräusche fremd und bedrohlich waren, sie brachten vielleicht doch das richtige Gesicht.

Es war jedes Mal das falsche gewesen. Falsche Haare, falsche Augen, falsche Stimme. Nicht die, nach der Leonie verzweifelt schrie.

Da waren Hände, unter denen die Angst ins Grenzenlose wuchs. Kalte, unsichere Hände, die sie so ungeschickt aufnahmen, dass ihr Kopf weit nach hinten fiel, die sie an ein Herz pressten, das schnell und hart schlug. Hände, die ihr etwas Fremdes, Glattes in den Mund schoben, an dem Leonie gierig sog, bis eine klebrige, heiße Flüssigkeit in ihren Mund floss, an der sie sich den Gaumen verbrannte. Trotzdem schnappte sie nach dem Finger, der sich behutsam zwischen ihre Lippen legte, und begann zu saugen. Aber es gab nur ihre eigene Spucke, in der sich feine Krumen zu einer mehligen Paste auflösten. Als Leonies Kiefer sich von dem Finger löste, machten Zunge und Lippen ein kleines schmatzendes Geräusch.

Sie begann wieder zu schreien. Die Hand blieb über ihrem Gesicht, bis das Weinen leiser wurde, schwächer, ein Wimmern, lang gezogen wie in großer Erschöpfung. Ein tiefer Seufzer hob ihren Brustkorb, dann entspannte sich das Gesicht. Die Hände, eben noch zu festen Fäusten geballt, sanken neben dem Kopf auf die nasse Unterlage. Bevor sie einschlief, erschien ein Lächeln um den halb geöffneten Mund. Die Angst war vorüber. Leonie neigte den Kopf leicht zur Seite, als ob dort gleich das Lied der Spieluhr klingen würde.

*

Eigentlich wie immer, dachte Pieplow. Gegen Abend ruhiges Wetter, auf den Pfählen im Hafenbecken Möwen und über den Masten der Segler ein wolkenloser Hochsommerhimmel. Wäre da nicht das Summen von ein paar hundert Stimmen, aus dem mal ein Ruf oder ein wütendes Brüllen, seltener ein Lachen aufstieg, während sich die Menschen Richtung Fähranleger drängten. Auf dem Platz vor der Vitter Fischhalle türmte sich der Müll vieler Wartestunden um überfüllte Abfallbehälter. Das Vier-Uhr-Schiff war nicht ausgelaufen, das um halb sechs auch nicht. Drüben in Schaprode gingen die Kontrollen nicht schnell genug voran. Jetzt schob sich die *Vitte* in Position, um die nächste Ladung Ausflügler an Bord zu nehmen, und alle wollten mit. Aber erst mit der *Gellen* würden auch die letzten Besucher die Insel verlassen können.

Pieplow wechselte das Standbein und hakte die Daumen im Uniformgürtel ein. Weit draußen in der Fahrrinne machte er einen hellen Punkt aus, der schnell näher kam. Zwei Minuten noch, höchstens drei, schätzte er, dann würde man das Schnellboot der Wasserschutzpolizei erkennen können.

Er sah zur Uhr. Zwei Minuten nach sieben. Jetzt begannen die Kollegen drüben in Zingst mit der Kontrolle der zurückkehrenden Tagesausflügler. An Tagen wie diesen, mit viel Sonne und wenig Wind, wagten sich auch die Landratten zwei Stunden aufs

Wasser, die sonst schon bei Inselrundfahrten seekrank wurden. Gut und gerne dreihundert Passagiere waren dann an Bord der *Sundevit.* Aber die Zingster hatten genug Zeit gehabt, sich aus Barth, aus Prerow oder Ahrenshoop Verstärkung zu holen. Wenn alles reibungslos lief, konnten zwei Stunden reichen und dreihundert Personendaten wären erfasst.

Das Anlegemanöver des Polizeibootes wirbelte das Hafenwasser auf. Das Dröhnen der Motoren scheuchte die Möwen von ihren Pfählen und ließ sie in weitem Bogen einen ruhigeren Rastplatz anfliegen.

Ein dicker kleiner Mann kletterte mühsam von Bord. Pieplow musste an Danny DeVito denken, wegen des schütteren Haares auf dem fleischigen Kopf und wegen der Hektik, die der Stralsunder verbreitete.

„Ostwald. KK 11. Irgendwas Neues?“ Er streckte Pieplow die Hand entgegen.

„Nein“, antwortete Pieplow. „Wenigstens nicht, dass ich wüsste. Aber ich stehe hier auch schon eine Weile. Vielleicht hat sich inzwischen ...“ Der Rest des Satzes blieb in der Luft hängen. Er glaubte ja selbst nicht, was er da sagte.

Die beiden anderen vom Polizeiboot hießen Klewe und Beer. Oder so ähnlich. Ostwald ließ keine Zeit zum Nachfragen.

„Auf jetzt!“, drängelte er. „Fürs Rumstehen werden wir nicht bezahlt.“

Auf dem kurzen Weg zwischen Hafen und Rathaus fühlte sich Pieplow wie ein Prüfungskandidat. Wer war zuerst am Tatort gewesen? Waren Spuren gesichert und Fotos gemacht worden? Gab es Zeugen? Er war erleichtert, als er Hauptkommissar Ostwald an Schöbel abtreten konnte.

Schnell hatte der dicke Stralsunder alles im Griff. Er fuchtelte mit den Händen wie ein Dirigent, der ein grimmiges Orchester antrieb. Wehe dem, der seinen Einsatz verpatzte.

Handzettel. Hundestaffel. Staatsanwaltschaft. Aus der Kurverwaltung die Liste aller Urlauber. Bereitschaftspolizei, eine Hundertschaft spätestens morgen früh bei Tagesanbruch.

„Wo bleiben die Pinnwände, verdammt noch mal!"

Er ließ sich in den Bürgermeistersessel fallen, auf dem Tisch vor sich eine Gemeinderatsuntertasse voller Kippen. Die Rauchverbotsschilder an den Wänden galten für andere Zeiten. Pieplow sah Schweißränder bis zum Gürtel, als Ostwald die Arme hob.

„Also los. Was haben wir?"

Schöbel räusperte sich. „Eigentlich nichts."

„Die Eltern?"

„Die Mutter war im Haus, der Vater in seinem Atelier."

„Ist das überprüft?"

Schöbel nickte. „Wenigstens zum Teil. Die Großtante bestätigt die Angaben der Mutter. Der Vater hatte Kunden in der fraglichen Zeit. Ein Ehepaar und zwei Frauen, die wir aber noch nicht gefunden haben."

Als Pieplow begriff, worauf das Gespräch zielte, holte er tief Luft, um ein Gefühl von Beklemmung loszuwerden. Auf den ungeheuerlichen Gedanken, dass Marie ihrem Kind etwas getan haben könnte, wäre er nie gekommen. Dass er nicht das Zeug zum Kriminalpolizisten hatte, lag vielleicht daran, dass derart abwegige Ideen einfach nicht in seinen Kopf wollten.

„Irgendeine Verbindung zu dem Fall vor zwei Jahren?" Ostwald steckte sich die nächste Zigarette an. Niemand außer Pieplow schenkte dem dicken Rauchring Beachtung, den er dabei fabrizierte. „Nicht, dass wir die ganze Insel umkrempeln und die Kleine ist die ganze Zeit bei einem notorischen Kinderfinder."

Schöbel hob die Hände und ließ sie zurück auf den Tisch fallen. „Er spricht wenig. Und mit Fremden schon gar nicht. Pieplow war bei ihm." Schöbel wedelte mit der Hand in Pieplows Richtung. Alle am Tisch wandten die Köpfe zu ihm um.

„Also, was ist?", bellte Ostwald.

Pieplow merkte, wie er rot wurde. Weil er nichts Falsches sagen, sich nicht lächerlich machen wollte. Und auch, weil die anderen begreifen sollten, wie Marten war. „Marten Buhrow ist ein bisschen sonderbar", begann er vorsichtig.

„Bisschen ist gut", frotzelte der Bergener mit der Sonnenbrille und machte mit der rechten Hand die Scheibenwischer-Bewegung vor seinem Gesicht.

„Ruhe!", schnauzte Ostwald ihn an.

„Also, ein bisschen sonderbar. Er hat vor vielem große Angst. Vor Autos zum Beispiel. Oder Flugzeugen, wenn sie zu tief fliegen. Und vor allem, was er nicht kennt. Er merkt immer, wenn sich in seiner Umgebung etwas verändert, und er spricht auch. Eben nur nicht mit Fremden. Oder wenn er aus sonst einem Grund Angst hat. Ich habe ihn nach Leonie gefragt. Er sagt, er weiß nicht, wo sie ist."

„Er lebt bei den Eltern?"

„Bei der Mutter. Der Vater ist letztes Jahr gestorben."

„Die Mutter bestätigt die Aussage des Jungen?"

Eigentlich war Marten kein Junge mehr. Einunddreißig, wenn Pieplow sich richtig erinnerte. Trotzdem nickte er. Es wirkte selbstbewusster, als er sich fühlte. Wo bin ich hier nur reingeraten, dachte er. Gleichzeitig musste er sich eingestehen, dass etwas wie Jagdeifer in ihm keimte. Niemand in diesem Raum würde ruhen, bevor man nicht wusste, was mit Leonie geschehen war. Auch Pieplow nicht.

„Es muss Hinweise geben. Zurzeit sind ein paar Tausend Menschen auf Hiddensee." Schöbel runzelte die Stirn. Zwischen seinen rötlichen Augenbrauen erschienen zwei tiefe Furchen. „Ein Säugling schreit doch. Man kann ihm nicht drohen oder ihn sonst wie einschüchtern, damit er still ist. Also entweder Leonie ist irgendwo versteckt, wo sie niemand hört, oder ..."

„Erstmal gehen wir davon aus, dass sie noch lebt", fiel Ostwald ihm ins Wort. „Deswegen hat die Suche nach ihr absoluten Vorrang. Mit Handzetteln nicht nur hier, auch in Kloster, in Neuendorf, überall auf der Insel. Morgen bei Tagesanbruch fängt die Bereitschaftspolizei mit den Suchhunden an, jeden Stein auf dieser Insel einzeln umzudrehen. Und für alle gilt, dass jeder Kleinigkeit Beachtung geschenkt wird. Jeder! Ob etwas unwichtig ist, wird sich zeigen, wenn wir den Fall abgeschlossen haben."

Vor Pieplow auf dem Tisch lag sein Notizblock. Er fuhr mit dem Zeigefinger an den Kanten entlang. „Es gab so eine Kleinigkeit." Er fürchtete, schon wieder rot zu werden. „Eine Frau hat ihr Fahrrad als gestohlen gemeldet. Es war nur hundert Meter vom Tatort entfernt abgestellt."

Nur der mit der Sonnenbrille grinste. Die anderen sahen Pieplow mit ernsten Gesichtern an.

*

Abends 1, morgens 1/2 stand mit schwarzem Filzstift auf der Packung. Darunter ein energischer Strich mit einem kleinen Schlenker am Ende. Weil sie ungeschickt an der schmalen Lasche zerrte, riss die Pappe ein Stück ein, dann rutschten die silbernen Streifen auf den Küchentisch. In beiden waren schon Lücken, in einem drei, in dem anderen fünf. Ihre Finger waren kalt und zittrig, die Folie fiel ihr ein paar Mal aus der Hand bevor sie zwei Tabletten herausdrücken konnte. Das Glas Wasser, das auf dem Beipackzettel empfohlen wurde, brauchte sie nicht. Sie wusste, die Tabletten waren nahezu geschmacklos. Nach dem Zerkauen konnte man sie im Mund lassen, bis sie sich ganz aufgelöst hatten. Sie bildete sich ein, dass die Wirkung dann schneller einsetzte, und darauf wartete sie jetzt. Mit den Händen so schwer auf den Tisch gestützt, dass die Adern wie dicke blaue Schnüre zwischen den Fingersehnen hervortraten. Wenigstens konnten sie unter diesem Druck nicht zittern, und dass sie kalt und weiß blieben, war gut so. Dann spürte sie wenigstens nichts mehr von ihnen.

Sie sah hinüber zur Uhr auf der Arbeitsfläche unter dem Fenster. In zwanzig Minuten würde die unerträgliche Spannung sich lösen, in einer halben Stunde würde sie wieder ohne den Druck auf dem Brustkorb atmen können und das Herz in einen ruhigeren Rhythmus fallen. Dann würde sie endlich ihre Gedanken ordnen und entscheiden, was als nächstes zu tun war. In der Aufregung der ersten Stunden war ihr das unmöglich gewesen.

Im Nachhinein wunderte es sie, dass alles so reibungslos lief, obwohl sie vieles nicht richtig bedacht hatte. Das Bild von sich und dem Kind war es gewesen, worauf sie sich konzentrierte. Lange bevor sie es zum ersten Mal berührte, hatte sie seine Wärme schon gespürt. Die glatte Haut der Wangen an ihrem Gesicht. Ihre Arme um den kleinen Körper, so dicht an ihrem eigenen, als seien sie eins miteinander. Ihr Kind. Sie hatte ein Recht darauf und sie brauchte es mehr als sonst etwas auf der Welt. Deswegen hatte sie keine Angst gehabt. Auf dem Weg über die Wiese nicht und auch nicht, als sie neben dem Wagen stand. Sie war nicht einmal besonders vorsichtig. Wartete nur ab, bis der Weg menschenleer war, nahm einfach das schlafende Kind auf und ließ es in die Tasche vor ihren Füßen gleiten.

Auch als es zu weinen begann, wurde sie nicht ängstlich. Es gab einen kurzen Moment der Ratlosigkeit, aber der war vorüber, als sie das Rad entdeckte.

Wenn Leute zu nahe kamen, hustete sie laut und anhaltend. Auf dem Weg über die Heide war das nur noch einmal nötig. Sie traf ein älteres Spaziergängerpaar und vielleicht war das sogar schwerhörig.

Als sie auf den kleinen Innenhof gerollt war, fühlte sie sich glücklich und leicht. Wie beflügelt. Wie eine Olympiasiegerin, die nach einem langen, kräftezehrenden Lauf die Arme nach oben reißt, bevor sie zu Boden taumelt. Erschöpft, aber glücklich. Sie erinnerte sich an nichts, was ihr so gut gelungen war.

Sie wünschte, dieses Gefühl hätte angehalten, auch wenn nicht alles so war, wie sie es sich erträumt hatte. Das Kind schrie. Es bog wütend den Rücken, wenn sie es aufnehmen wollte. Es weigerte sich, aus der Flasche zu trinken. Sein Gesicht war nicht warm und weich und rosig, es war heiß und klebrig und rot vor Wut. Seine Stimme bohrte sich schrill in ihre Ohren, bis sie beinahe die Beherrschung verlor. Sie musste verhindern, dass das Schreien nach draußen drang, auch wenn das nächste Haus ein paar hundert Meter entfernt lag. Es kamen gelegentlich Leute vorbei. Radfahrer, denen nur schwierige Wege neben den Straßen Spaß machten. Spaziergänger, die sich abseits des Trubels halten wollten oder neugierig auf die Häuser hinter Kiefern und Heckenrosen waren.

Sie ließ es auf einen Versuch ankommen. Mit dem scharfen Kartoffelschälmesser, dem mit der Rundung in der Klinge vom vielen Nachschleifen, säbelte sie ein winziges Eckchen ab. Die ganze Tablette für einen Erwachsenen, ein Zwanzigstel für ein Kind, rechnete sie. Damit würde sie kaum Schaden anrichten.

Sie lächelte, als sie den Kopf zur Stiege wandte. Jetzt war es da oben still. Keine Gefahr mehr. Sie konnte ruhig aus dem Haus gehen. Mindestens zwei Stunden, vielleicht sogar drei oder vier würde das Kind jetzt schlafen. Zeit genug, um das Durcheinander im Kopf zu ordnen, damit er klar war für das, was noch bedacht werden musste. Zum Beispiel, welchen Namen das Kind haben sollte.

*

Was das wohl bringen soll, dachte Pieplow.

Er nahm das oberste Blatt von dem Stapel, den er verteilen sollte. Neben dem Text schaute Leonie ihn aus großen Augen an. Die Pausbacken waren von der Andeutung eines Lächelns ein wenig nach oben geschoben, der Mund halb geöffnet. Der Ausschnitt des

Bildes ließ noch ein Stück rosa-rot-blau geringeltes Babyhemd sehen. Aber Pieplow entdeckte nichts, was anders war als bei allen Säuglingen, die ihren ersten Sommer am Strand verbrachten und keineswegs entführt waren.

Für ihn jedenfalls sahen so kleine Kinder irgendwie alle gleich aus. Wie Chinesen oder Japaner, in deren Gesichtern ihm auch keine Unterschiede auffallen wollten, was natürlich daran liegen konnte, dass er so sehr vielen Japanern und Chinesen noch nicht begegnet war.

Er betrachtete Leonies Bild und versuchte, sich ein paar Merkmale einzuprägen. Die Augen waren wirklich sehr groß und fast schwarz wie die von Marie. Das Haar dagegen ein hellblonder Flaum, der über der Stirn so etwas wie eine Locke zu proben schien. Pieplow hoffte, das würde reichen, um Leonie von den Babys zu unterscheiden, denen er möglicherweise begegnete.

Er fuhr mit dem linken Daumen über die Kante seines Zettelstapels. Zweihundertmal tauchte blitzschnell Leonies Gesicht auf. Wie ein trauriges Daumenkino, in dem sich nicht wirklich etwas bewegt, dachte er. Daran änderte auch der spärliche Text nichts, der beschrieb, wonach man suchte. Vermisst wurde ein Säugling, weiblich, blond, etwa fünf Kilo schwer, bekleidet mit einem kurzärmeligen, rosa-rot-blau geringelten Kinderhemd. Es folgte die Beschreibung eines Rades, Marke Diamant, braungrau, neuer Gepäckträger, chromfarben. Entwendet gegen vierzehn Uhr in Tatortnähe.

„Ich geh schon mal!“, rief er in den Raum hinein.

Kästner fuhr weiter mit dem Zeigefinger über die Landkarte und erklärte, wo abends um halb neun auf der Insel am meisten los war. An der Steilküste, in den Häfen, am Boddendeich. Die Kollegen aus Bergen folgten dem tippenden Finger zu konzentriert, um von Pieplow Notiz zu nehmen.

Er griff nach seiner Uniformmütze. Sein Abschnitt sollte der Seedeich sein, und wo der lag, wusste er schließlich.

Anfangs kam er gut voran. Zwischen Nationalparkhaus und Zeltkino waren nur wenige Abendspaziergänger unterwegs. Sie nahmen mit ernsten Gesichtern die Zettel entgegen. Kaum einer wollte Genaueres wissen, ein paar Mal sagte jemand „Oh Gott“ oder etwas ähnlich Erschrockenes, weil mit dem Foto plötzlich wirklich wurde, was man zuvor nur vom Hörensagen kannte.

Hinter der Mühle standen die Menschen enger beisammen. Obwohl das jeden Abend so war, wenn die Sonne nur noch wenige Meter über dem Wasser zu schweben schien, wirkte es heute, als seien sie aus ganz anderem Grund dicht auf dem Deich zusammengerückt. Fast alle wussten, was passiert war. Furchtbar, sagten sie. Und: Wer tut so was bloß? Pieplow sah in besorgte Gesichter. Manche Frauen hatten Tränen in den Augen, als sie von dem Blatt mit dem Foto wieder aufblickten. Häufiger als sonst wurden die Kinder gerufen, vor allem die ganz Kleinen, die in der letzten Stunde des Tages noch das erledigen wollten, wozu sie bis dahin nicht gekommen waren. Steine ins abendglatte Wasser werfen oder sie aufditschen lassen. Mit bloßen Händen im Sand buddeln. Stöcke in Quallen pieksen und allein bis zur nächsten Buhne laufen.

Ein paar Männer machten Vorschläge, wie mit dem Täter verfahren werden sollte, die Pieplow vorsichtshalber überhörte, obwohl ihm sein Schweigen peinlich war. Er fand, es gab Dinge, die durfte man nicht unwidersprochen lassen.

Als einer von ihnen behauptete, früher hätte es solche Verbrechen nicht gegeben, fand er um sich herum nickende Zustimmung.

Pieplow wunderte sich nicht, dass ihm Kästner einfiel.

Ein Weißhaariger mit dunkelbraun gegerbter Haut erinnerte sich, dass es früher mal einen Mord auf der Insel gegeben hatte. Das musste in den Sechzigern gewesen sein.

Seine Frau versuchte, ihn zu bremsen. Was sollte denn das jetzt mit dem Kind zu tun haben?

Aber ihr Mann wollte die Gelegenheit nicht ungenutzt lassen.

Pieplow hätte gern auf eine ausführliche Schilderung des Dramas vom Dornbusch verzichtet, in dem ein Stralsunder es mit der besten Freundin seiner Verlobten – na, Sie wissen schon. Die Frau aber verlangte, kaum war die Ekstase vorüber, ein Eheversprechen, falls die Stunde im Gebüsch nicht folgenlos bliebe. Und das überlebte sie nicht. Der Mann schlug ihr mit einem Stein ein Loch in den Schädel, aus dem schon die Maden krochen, als man sie vier Tage später in der Swantewitschlucht fand.

Ein paar Blätter mit Leonies Bild und dem Polizeitext daneben waren noch übrig. Alle würde er wohl nicht loswerden, schätzte Pieplow. Auf dem letzten Stück bis dorthin, wo der Außendeich abzweigte, traf er nur noch wenige Menschen. Ihre Körper hatten den ganzen Tag Wärme getankt, jetzt begannen sie zu frösteln und wollten nach Hause. Wie die Frau, die mit verschränkten Armen den letzten Strandaufgang heraufkam.

Pieplow erkannte sie wieder, obwohl sie anders wirkte, als er sie in Erinnerung hatte. Sie schien ihm dünner, die Nase spitzer, aber die Lippen noch genauso voll, nur nicht dunkelrot geschminkt. Das Haar kürzer, sehr kurz sogar, fast wie eine Männerfrisur. Lächelnd reichte er ihr einen Handzettel.

„Auch wieder da", stellte er fest. Etwas anderes fiel ihm auf die Schnelle nicht ein.

Sie nickte, ohne zu lächeln. „Ja, seit längerem mal wieder."

Wie lange mochte das her sein? Pieplow versuchte nachzurechnen. In einem Sommer wie diesem, mit warmen, sternenübersäten Nächten war sie im Wieseneck plötzlich neben ihm aufgetaucht. Eigentlich hatte sie zurück auf die Tanzfläche gewollt und war dann doch bei ihm an der Theke geblieben. Das spöttische Lächeln im erhitzten Gesicht stand ihr gut, und Pieplow hatte Mühe, beim Anblick der feuchten Haarspitzen über der Stirn und der Schweißperlen in ihrem Ausschnitt nicht an Sex zu denken. Vielleicht wäre sogar etwas daraus geworden, wenn nicht irgendein Trottel ihm auf die Schulter gehauen und „Na, Sheriff, wieder mal auf Brautschau?“ gebrüllt hätte.

Sie hatte gelacht. „Na sowas! Der Dorfpolizist!“, war dann vom Barhocker gerutscht und zwischen den Tanzenden verschwunden.

„Das ist dienstlich“, erläuterte Pieplow, um irgendwas zu sagen und weil sie nur einen flüchtigen Blick auf das Papier warf. „Wir suchen ein Kind. Ein drei Monate altes Mädchen. Sie heißt Leonie. Leonie Eggert.“

„Ach so“, erwiderte sie nur und schaute über die Schulter zurück Richtung Strand, von wo ein Mann mit einer Art Rucksack auf dem Bauch auf sie zukam.

„Ja. Und wenn dir etwas auffällt, die Telefonnummer steht auch auf dem Zettel. Sie ist Tag und Nacht zu erreichen Oder du kommst direkt zur Polizeistation.“ Pieplow bemühte sich, den Gesprächsfaden nicht abreißen zu lassen, aber er sah nicht der Frau ins Gesicht, sondern dem Mann entgegen, aus dessen Rucksack ein weiß-blau bemützter Kopf hervorlugte. Sie kam also nicht mehr solo hierher.

„Na dann“, sagte sie und ging weiter, ohne auf den Mann und das Kind zu warten.

Sie werden sich gestritten haben, vermutete Pieplow. Jetzt stapft sie eingeschnappt vorneweg und er kann sehen, wo er bleibt. Aber sie haben wenigstens einander, und solch ein Streit dauert ja nicht ewig. Immer noch besser als ganz allein sein.

*

Endlich war niemand mehr im Haus. Außer Fine, die still und bleich in ihrem Sessel saß, obwohl sie sonst um diese Zeit schon in ihrem Bett lag.

Marie hörte das Klappern der Haustür, dann Olivers Schritte auf dem Weg durch den Garten.

Sie hatte seine Berührungen nicht ertragen, seine Stimme nicht und nicht die unsinnigen Ratschläge.

„Leg dich doch hin. Versuch zu schlafen. Du wirst sehen, sie finden sie.“

Wie aus einem billigen Film. Aber hier gab es kein glückliches Ende mit tüchtigen Polizisten, die das verlorene Kind wohlbehalten zurückbrachten.

Hier gab es ein leeres Bett, über dem noch der Duft von Kamille und Milch hing. Auf dem bunten Teppich entdeckte sie Erdkrümel. Einer der Polizisten musste sie unter den Schuhen hereingetragen haben. Im ganzen Haus waren sie herumgegangen, hatten jedes Zimmer geöffnet, in die Schränke gesehen und hinter jeden Vorhang.

Es war klar, warum sie das taten.

Wenn einem Kind etwas zustößt, suchen sie zuerst in der Familie. Bei den Eltern, Verwandten, Freunden. Gab es jemanden, der besonders großes Interesse an Leonie zeigte? Ein Kindermädchen, eine Freundin, ein Gast vielleicht?

Marie hatte kaum sprechen können, nur immer wieder weinend den Kopf geschüttelt, bis sie sich schließlich die Hände gegen die Ohren gepresst hatte. Sie wollte all diese Fragen nicht mehr hören. Sie wollte, dass sie endlich ihr Kind suchten. Mit Hunden, mit Hubschraubern, mit allem, was möglich war. Jemand hatte Leonie verschleppt, und es musste ein Fremder sein. Niemand, den sie kannte, würde so etwas Grausames tun.

In den Gesichtern der Polizisten konnte sie lesen, dass sie anderer Meinung waren.

Jetzt wagte sie ein paar unsichere Schritte auf das Kinderbett zu. Verzweiflung stieg wie ein bedrohliches, Schwindel erregendes Summen in ihr auf, als hätte ein Schwarm Insekten von ihr Besitz ergriffen und sich in Windeseile ausgebreitet, um sie von innen zu zerfressen. Sie war schon jetzt nicht mehr sie selbst und bürdete ihren Schmerz anderen auf, einer Frau, deren Gesicht ihr nichts sagte, wenn sie es im Spiegel sah. Sie fuhr mit der Hand über das runde Holz des Bettchens. Neben dem Kopfkissen geriet die Schnur der Spieluhr unter ihre Finger. Ein dicker gelber Halbmond mit Augen, Nase und einem roten Mund.

Guten Abend, gute Nacht. Der weiße Ring klackte leise gegen die Gitterstäbe, als Marie ihn losließ. Morgen früh, wenn Gott will, wirst du wieder geweckt.

Langsam sank sie auf den Stuhl neben Leonies Bett. Und wenn er nicht will? Was, wenn niemand, auch Gott nicht, Leonie wieder aufwecken würde?

*

In der Wolfsstunde liegt über der Insel die Stille wie ein Tuch, unter dem alles grau ist. Häuser und Bäume ebenso wie Katzen und Menschen. Erst die Vögel wecken die Hunde und Farben, damit die Welt wieder freundlich und bunt wird.

In der Wolfsstunde werden die Kinder wach. Sie fürchten sich in dem lichtlosen Grau und brauchen Trost. Eine Hand oder eine vertraute Stimme, eine sanfte Berührung, an der sie merken, dass die Wölfe anderswo sind.

Hier bei uns können sie gar nicht sein, dachte Marten. Wölfe brauchen tiefe dunkle Wälder, und die gibt es hier nicht.

Aber wo?

Weit weg, Marten. Nicht mal auf Rügen gibt es Wölfe.

Trotzdem war in dieser frühen Stunde ein dunkler Zauber geblieben und deshalb wartete er immer, bis die erste Amsel den Lichtstreifen am Horizont meldete.

Heute wollte er nicht warten.

Wenn die Männer mit ihren Fotoapparaten zurückkamen, musste er wieder im Haus sein, damit sie ihn nicht wieder erschrecken konnten.

Einer hatte sogar mehrere Apparate um den Hals gehabt und sie abwechselnd vor sein Gesicht gehalten. Es surrte und klickte, dass Marten ganz schwindelig wurde. Wenn Daniel sie nicht aus dem Garten gedrängt hätte, wären sie vielleicht immer noch da, würden fotografieren und Fragen brüllen, die Marten nicht verstand.

Was weißt du über Leonie?

Warum sollte er etwas über Leonie wissen? Sie war Maries Baby, das anfangs ganz winzig, aber jetzt schon viel größer war. Das aus der Brust trank. Darüber konnte Marten nur staunen. Frauen, die Milch gaben, waren etwas Merkwürdiges.

Marten, wo ist Leonie? Hast du sie versteckt?

Es waren immer mehr geworden, die mit ihren Fotoapparaten vor seiner Nase herumfuchtelten, bis er ins Haus lief und sich von innen gegen die verschlossene Tür lehnte.

Marten sah sich vorsichtig um.

In manchen Häusern gab es schwache Lichter, solche, die man in der Nacht brennen ließ, um sich nicht zu fürchten. Auch bei Fine und Marie war es hell in den Fenstern. Marten machte einen Bogen um das Haus und verschwand lautlos über das freie Stück Wiese.

Marten kraxelte den Deich empor, bis zu der Bank, auf der der alte Steuermann Schluck Tag für Tag saß und das Fahrwasser im Auge behielt. Etwas abseits lag das Schiff, das wie ein Haus benutzt wurde, wie ein grauer Klotz im dunklen Wasser am Deich. Nur dort, wo es von dem hellen Schein einer Lampe beleuchtet wurde, konnte man seine knallgelbe Farbe erkennen, mit der es bei Tag wie ein riesengroßer Papagei zwischen Möwen und Kranichen wirkte. Plötzlich riss Licht ein gewaltiges Loch in die Dunkelheit. Marten zuckte zusammen und musste sich an der Bank festhalten, sonst wäre er hingefallen. Seine Hand klammerte sich an das rissige feuchte Holz der Lehne. Eben waren die Häuser am Hafen nur Umrisse gewesen, Bootsmasten und Reusenfahnen hatte die Nacht ganz verschluckt. Jetzt konnte er sie so genau erkennen, als wäre es mitten am Tag.

Zwei Polizeiautos versperrten die Zufahrt zum Hafen, die Polizisten gingen auf und ab, als warteten sie auf etwas.

Aber mitten in der Nacht kamen keine Schiffe, wenigstens nicht, solange er nachts an den Hafen kam.

Er ließ die Banklehne los und setzte langsam einen Fuß hinter den anderen. Rückwärts den Deich hinunter war ganz schön schwierig, aber er konnte nicht auf seine Füße gucken. Ganz gebannt musste er immerzu hinüber zum Hafen sehen. Er strauchelte und fing sich erst im letzten Moment, sonst wäre er mit dem Kopf auf das Deichpflaster geschlagen. Er wollte sich gleich wieder aufrappeln, da entdeckte er das Schiff draußen in der Fahrrinne. Die *Vitte*. Das wusste Marten sofort. Die Lampen so hoch auf dem Passagierdeck und dieses dunkle Motorendröhnen hatte nur diese Fähre, die anderen Schiffe glitten flacher und leiser über das Wasser, ihre Maschinen machten einen höheren Ton.

Marten schob sich noch ein kleines Stück zurück. Der Deich sollte sein Versteck sein. Wenn er den Kopf senkte, verschwanden Fähre und Hafen und Polizisten. Je nachdem, wie weit er sich aufrichtete, kamen Teile des Bildes zum Vorschein. Immer nur so viel, wie er aushalten konnte, ohne dass sein Herz zu sehr klopfte.

Und dann öffnete die *Vitte* ihr riesiges Maul. Sie spie Autos an Land. Polizeiautos, eins nach dem anderen. Grün-weiße Autos, die so groß waren, wie Marten sie noch nie gesehen hatte. Leute in dunklen Kleidern saßen darin. Bald liefen Männer auf dem Anleger hin und her, mit Hunden, die aussahen wie Wölfe. Sie sprachen laut und streng, streckten Arme geradeaus und ruderten Kreise in die Luft, bis sich die Fahrzeuge wieder in Bewegung setzten.

Erst als das letzte Rücklicht hinter den Hafenschuppen verschwunden war, richtete Marten sich auf. Er stolperte den Deich hinunter. Die Fäuste hoch vor der Brust geballt, schlug er mit den Ellenbogen wie ein ungelenkes, verstörtes Tier.

„Ich dachte, ihr sucht so'n Rad", rechtfertigte sich der Klausner-Wirt.

„Aber eins mit neuem Gepäckträger! Du musst schon richtig hingucken, bevor du die Polizei alarmierst." Kästner klang gereizt. Es war das vierte Rad, das sie heute besichtigten. Eins lehnte gegen den Zaun vom *Hotel am Meer* in Neuendorf, zwei lagen an verschiedenen Strandaufgängen achtlos in den Strandhafer geworfen. Keines entsprach auch nur annähernd der Beschreibung auf den Handzetteln. Dieses hier kam dem gesuchten noch am nächsten. Bis auf den verrosteten Gepäckträger natürlich.

Der Wirt hob mit resignierter Geste die Hände. „Bei dem Betrieb wär mir sonst nicht mal aufgefallen, wie lange das Rad da schon steht."

„Da macht wohl jemand einen ausgiebigen Strandspaziergang." Kästner machte eine Kopfbewegung Richtung Steilküste.

„Das ist hier ein Restaurant und kein Fahrradparkplatz", knurrte der Wirt und bot zur Entschädigung für den vergeblichen Einsatz Kaffee an.

Kästner nickte zufrieden. „Und ein Salamibrot." Die gute Gelegenheit, aus der Hektik des Rathauses zu fliehen, wollte er nicht ungenutzt lassen.

„Wir sind ja sozusagen Vertriebene. In unserem Büro haben sich andere breit gemacht", feixte er und schob Pieplow zu einem Schattenplatz etwas abseits des Trubels. Die Wartezeit verkürzte er sich damit, den kurzberockten Kellnerinnen hinterherzugucken. Auf dem Nachbartisch waren Zeitungen liegen geblieben.

WO IST LEONIE? schrie es in fetten schwarzen Buchstaben von einem Titelblatt. Darunter das Fahndungsbild und ein Foto von Marie, wie sie mit den Händen ihr Haar zerwühlte. Der Fotograf musste für das Bild in den Garten gestiegen sein. Es war durch das offene Fenster aufgenommen. Fortsetzung Seite drei. Pieplow blätterte. *Was weiß Marten B.?* Aus allen Aufnahmen, die auf dem Film sein mochten, hatten sie eines ausgewählt, auf dem Martens Gesicht wie eine Fratze aussah. Kraus zusammengezogene Stirn, schmale Augenschlitze und ein verzerrter Mund, der die Zähne bloßlegte.

Wütend packte Pieplow die Zeitungen beiseite. „Heute ist Sonntag. Wer weiß, was die sich für morgen ausdenken. Du hast gesehen, was los war. Fernsehen, Rundfunk, diese ganzen Zeitungsfritzen. Was unternimmt die Polizei, um das Kind zu finden? Sehen Sie eine Verbindung zum Fall Angelina? Gibt es Hinweise auf eine Erpressung, ein Sexualverbrechen, ein sonst was?“, äffte Pieplow mit hoher, hektischer Stimme nach. „Bombenauflagen mit einer Überschrift wie *Säugling auf Hiddensee vergewaltigt* käme denen wohl grade recht - Pfui, Teufel. Und weil sie sonst nichts haben, schießen sie sich auf Marten ein.“

„Früher hätt's das nicht gegeben“, knurrte Kästner.

Diesmal musste Pieplow ihm zustimmen. Er griff nach der zweiten Zeitung.

Die Insel der reinen Seelen verliert ihre Unschuld, stand dort weniger groß, mit viel Text, ohne Bild.

„So'n Quatsch", kommentierte Kästner. „Was wissen die von unseren Seelen? Wer schreibt denn solchen Mist?"

„Wieland Sommerfeld", klärte Pieplow ihn auf. „Der ist jedes Jahr in Grieben. Kennst du auch. So einer mit Beethoven-Frisur. Hält manchmal Vorträge über Hauptmann."

„Na und? Als wenn eine Insel ihre Unschuld verlieren könnte!" Während er das sagte, lag sein Blick zwischen Schürzenschleife und Rocksaum der blonden Kellnerin. Pieplow konnte sich vorstellen, an welche Art von Unschuld Kästner dachte.

„Wenn du mich fragst, war's eine Frau."

Pieplow sah erstaunt auf. „Wie kommst du denn darauf?"

Kästner zuckte gelassen die Schultern. „Erpressung scheidet aus, sonst hätten wir schon was gehört. An irgendeinen Perversen glaub ich nicht. Das war 'ne Frau, glaub's mir. Kann keine Kinder kriegen oder so was, dreht durch und klaut sich eins. Kommt doch immer wieder vor."

Wo er Recht hat, hat er Recht, dachte Pieplow. Und die Spezialisten von der Kripo denken auch nicht viel anders, nur dass sie es Hypothesen nennen und in alle Richtungen ermitteln. Zum Beispiel in der Familie des Opfers. Weil so was auch immer wieder vorkam.

Der Wirt ließ zwei ovale Tabletts gekonnt von seiner Hand auf den Tisch gleiten. „Habt ihr schon irgendeine Spur?"

„Wir sowieso nicht." Kästner pulte die Gewürzgurkenfächer von seinem Salamibrot, bevor er eine kinderfaustgroße Bucht hineinbiss. „Das machen alles die klugen Jungs aus Stralsund. Wir werden bloß in der Gegend herumgescheucht, Zettel verteilen und Räder begutachten."

„Seit heute Morgen um sechs durchkämmt die Bereitschaftspolizei die Insel", ergänzte Pieplow, um Kästners Genörgel abzuschwächen. „Die Spuren am Kinderwagen werden ausgewertet und es wird weiter nach möglichen Zeugen gesucht. Aber viel ist dabei bislang nicht herausgekommen."

„Die Leute reden von nichts anderem mehr." Der Wirt drehte sich halb zu den Gästen an den anderen Tischen um.

„Es verdirbt ihnen den Urlaub, sagen sie. Hier hätten sie immer alle Sorgen vergessen können. Aber wenn so was passiert, ist das eben nicht mehr gut möglich. - Der geht aufs Haus", wehrte er ab, als Pieplow bezahlen wollte.

„Das Brot auch, danke". Kästner tupfte sich mit der Serviette die Mundwinkel.

„Warum isst du eigentlich nicht zu Hause?", fragte Pieplow genervt.

Kästner hatte eine nette Frau. Patent, energisch, gute Köchin. Und er futterte dauernd irgendwo anders.

„Tu ich doch. Aber woanders naschen ist auch lecker." Mit einem Seufzer sah er der Kellnerin hinterher.

Die Rolle als Frauenexperte gefiel Kästner. Aber Pieplow hatte noch nie von wirklichen Eskapaden seines Vorgesetzten gehört. Auf der Insel hätte sich das in Windeseile herumgesprochen.

*

Dem rothaarigen Polizisten stand Schweiß auf der Stirn. Schöbel. Jetzt fiel Marie der Name wieder ein. Der Dicke neben ihm hieß Ostwald. Zu den nikotingelben Fingern seiner rechten Hand passte der Geruch nach altem Rauch, der von ihm ausging. Er wirkte wie die Ruhe selbst. Keine Frage nach einem Aschenbecher, nicht mal ein unbewusstes Tasten nach der Zigarettenschachtel. Keine Spur von Nervosität, obwohl er schon fast eine Stunde hier saß. Ostwald stellte die Fragen, Schöbel machte Notizen. Marie konnte nicht erkennen, was auf seinem Block stand, und es war ihr auch gleichgültig. Vielleicht, dass sie noch dasselbe anhatte wie am Tag zuvor? Dass ihre Augen geschwollen waren, als habe sie Schläge ins Gesicht bekommen? Ihre Stimme klang fremd. Pelzig vor Trockenheit, monoton wie von einer Maschine.

Nur so konnte sie das Gespräch aushalten und ihre mechanischen Antworten geben.

„Vor vier Jahren."

„Seitdem leben Sie das ganze Jahr hier ..."

Marie brauchte nur zu nicken. Ja.

„... und kümmern sich um die Vermietung?"

„Jetzt. Ja. Anfangs kam noch der Umbau dazu. Erst die Ferienwohnungen, dann das Atelier. Aber was hat das mit Leonie zu tun?"

Wenn sie den Blick auf einen Punkt richtete, schmerzten die Augen besonders. Sie senkte langsam die Lider und das Brennen wurde schwächer. Außerdem tat die Dunkelheit gut.

Auf ihre Frage bekam sie keine Antwort.

„Wem gehören Haus und Grundstück?" Sie hörte Ostwalds Stimme wie durch Watte. Um antworten zu können, müsste sie ihre Lippen befeuchten und sogar dafür fehlte ihr auf einmal die Kraft.

„Das Haus gehört mir. Aber Marie ist Erbin. Sie ist die Enkelin meiner Schwester." Das war Fines Stimme. Erstaunlich fest, mit einer Spur Ärger. „Erst hat sie mir bei den Finanzsachen geholfen. Als es schlimmer wurde mit meiner Krankheit, auch bei allem anderen. Ich wüsste nicht, was ich ohne sie täte."

Umgekehrt, dachte Marie. Umgekehrt wird ein Schuh draus. Eine arbeitslose Bauingenieurin. Aus Stendal. Wo nicht mal die Männer Arbeit finden. Was täte ich, wenn es dich nicht gäbe?

„Andere Erbberechtigte gibt es nicht?“ Ostwald wollte auf etwas Bestimmtes hinaus.

Fine zögerte einen Moment, bevor sie antwortete. „Keine anderen Erben.“

Nicht mehr, ging es Marie durch den Kopf. Der Krieg frisst den Mann, und das einzige Kind stirbt an Fieber. Erschrocken hob sie den Kopf, weil sie plötzlich sich selbst sah. Uralt und krank, nach einem Leben ohne ihr Kind. Wie ertrug ein Mensch diese unfassbare Trauer, die niemals vergeht und alles mit Schmerzen begleitet? Eine Wunde, die die Zeit nicht heilt. Marie schlug die Hände vors Gesicht.

Schöbel stand auf und verließ den Raum. Er kam mit einem Glas Wasser für Marie zurück und hielt ihr ein gefaltetes Geschirrtuch entgegen. Als sie es feucht und kühl an ihrer Stirn spürte, konnte sie wieder gleichmäßig atmen.

„Ich weiß wirklich nicht, was das Ganze soll!“ Wenn Oliver gereizt war, zog er die Oberlippe zusammen, über der sich dann feine senkrechte Fältchen bildeten. „Sie muten uns Ihre sinnlosen Fragen zu, während da draußen irgendein Irrer unsere Tochter hat und weiß der Teufel was alles mit ihr anstellt!“ Er schlug mit der Hand auf die Sofalehne, sprang auf, lief vor den Gartenfenstern hin und her und setzte sich wieder.

Die Polizisten ignorierten seinen Ausbruch. Ostwald wartete, Schöbel schrieb ein paar Zeilen. Dass der Vater die Geduld verlor, vielleicht. Dass seine Trauer ihn nicht niederdrückte, sondern ihn laut und wütend werden ließ. Möglicherweise stand auf Schöbels Block auch, dass es eine Wand zwischen Leonies Eltern zu geben schien. Sie entzog sich dem Arm, den er um sie zu legen versuchte. Sie wechselte vom Sofa in den Sessel hinüber, als ertrage sie keine Nähe.

„Aber Sie sind nicht aus Stendal?“ Mit einer halben Drehung seines massigen Körpers wandte sich Ostwald Oliver zu. In seinem Ton konnte alles Mögliche schwingen. Höflichkeit oder Rücksicht. Vorsichtige Neugier ebenso wie die Langeweile von jemandem, der die Antwort auf seine Frage längst kannte.

„Nein, wieso?“ Marie hörte die Abwehr in Olivers Stimme.

„Sondern aus Winsen“, fuhr Ostwald ungerührt fort.

„Da bin ich aufgewachsen, ja. Ich weiß wirklich nicht ...“

„Ich verstehe ihre Anspannung, Herr Eggert“, entschuldigte sich Ostwald, „aber in Fällen wie diesem müssen wir gründlich sein. Äußerst gründlich sogar. Dazu gehört auch, dass wir möglichst alles über die Familie des Opfers in Erfahrung bringen.“

Marie presste das Tuch vor den Mund, um ein Schluchzen zurückzudrängen, das wie eine Explosion ihren Brustkorb zu sprengen drohte. Das Opfer. Die Polizei hielt Leonie schon für ein Opfer. Das Wort beschwor die Bilder herauf, gegen die Marie verzweifelt rang. Das durfte nicht sein. Das Bild eines toten Kindes ist ein finsteres Omen, ein vernichtender Sog, in dessen Tiefe das Nichts wartete. Leonie durfte nicht das Opfer sein. Marie wollte sich zu anderen Bildern zwingen, zu solchen, in denen das Entsetzen vorüber war und alles gut wurde.

„Aber bis vor drei Jahren haben Sie in Hamburg gelebt." Ostwald ließ sich nicht beirren. Ein paar Fragen hatte er noch.

„Ja. Ich habe dort studiert. Freie Kunst. Am Lerchenfeld, wenn Ihnen das etwas sagt." Er sah den Polizisten herausfordernd an.

Ostwalds Gesicht war nicht abzulesen, ob er mit dem Lerchenfeld etwas anfangen konnte.

„Und davon kann man leben", fragte er nur und setzte noch nach: „Denn so richtig berühmt sind Sie ja bisher nicht, oder?"

Es war, als holte das Erschrecken sie in dieses Zimmer zurück, ins Hier und Jetzt mit Fine, Oliver, Schöbel und Ostwald. Mit der Sonne vor den Fenstern und den Feriengeräuschen von der Straße.

‚So richtig berühmt sind Sie ja nicht.'

Marie spürte, wie sich ihr Körper so anspannte, dass sie sich kaum bewegen konnte, selbst wenn sie es gewollt hätte. Aber sie hockte nur da. Mit angezogenen Knien, ein feuchtes, zerdrücktes Geschirrtuch vor dem Mund, kauerte sie in ihrem Sessel und starrte auf ihren Mann. Sie wartete auf die Wut, die sein Gesicht weiß und hart werden ließ. Darauf, dass er seine

Tasse gegen die Wand schleuderte oder leise und drohend etwas zischte wie ‚pass auf, was du sagst, Marie!'

Woher sollte der Polizist auch wissen, welche Fragen man Oliver besser nicht stellte. Außerdem war es ihm wahrscheinlich auch gleichgültig, wenn Oliver in Rage geriet.

Maries Blicke hetzten zwischen den Männern hin und her, bis sie plötzlich spürte, dass Ostwald es darauf angelegt hatte. Ihm entging keine Bewegung, kein Zucken in Olivers Gesicht, auch nicht, wie er die Lider zusammenpresste und den Mund schmal werden ließ. Ein paar Sekunden blieb es vollkommen still.

„Sie meinen, ich hätte Leonie ... Sie sind ja pervers! Das ist doch einfach abartig. Abartig und ungeheuerlich!" Olivers Lippen bewegten sich kaum, während er sprach.

Ostwald ließ die Handflächen auf seine fetten Schenkel klatschen, während er unbewegt erwiderte: „Wie Recht Sie haben, Herr Eggert. Aber das bringt unser Beruf leider mit sich – die Beschäftigung mit dem Ungeheuerlichen."

*

Das Kind roch sauer. Obwohl sie die Milch weggewischt hatte, so gut es ging. Um ein Haar hätte sie das leise Gurgeln überhört, mit dem die Nahrung aus dem halb geöffneten Mund wieder herauslief. Kein Husten, kein Würgen, einfach ein Schwall weißer Flüssigkeit. Dann ein zweiter und schließlich noch ein dünnes Rinnsal aus dem Mundwinkel über die Halsfalten auf die Matratze. Es schien viel mehr zu sein als das, was in der Flasche gewesen war und jetzt den säuerlichen Geruch nach zersetzter Milch verbreitete.

Wenigstens das Schreien hatte aufgehört. Obwohl es eigentlich eher ein Wimmern war, hoch und klagend, das abbrach und immer dann wieder einsetzte, wenn sie gerade Hoffnung auf Ruhe schöpfte. Ein neues Tabletteneckchen hatte dem Auf und Ab ein Ende gemacht, das an ihren Nerven zerrte, sich in ihren Kopf bohrte und dort auf längst vergangene Qualen stieß. Auf ihre eigenen Schreie und einen anderen, quäkenden, hohen Ton, den sie in ihrem Leben nicht mehr vergessen würde.

Die über den Augen geschlossenen Lider des Kindes waren geschwollen und wirkten entzündet mit dem roten Rand an den Wimpern und den feinen Äderchen, die immer deutlicher durch die Haut schimmerten.

Sie fuhr mit der Fingerspitze über die Augenbraue. Ein feiner Streifen aus hellem Haar, ganz weich noch, nicht hart und borstig wie bei Erwachsenen. Die Berührung war leicht und liebevoll. Trotzdem zuckte das Gesicht und die Lider begannen zu flattern. Das kam, weil ihre Hände so kalt waren. Sie musste schlafen. Schlafen und etwas gegen den Brechreiz tun, der dünnen, wässrigen Speichel in ihren Mund spülte, sobald sie sich über das Kind beugte und ihr der saure Geruch in die Nase stieg.

Mehr als die Töne wand sich dieser Geruch in ihr Gehirn. Durch die Nasenlöcher, an den Härchen und Schleimhäuten vorbei durch die Öffnungen und Kanäle des Schädels direkt dorthin, wo sie die Bilder verbarg, die sich nicht ertragen ließen. Wie sie sich krümmte unter dem plötzlichen rasenden Schmerz. Wie sie erst auf die Knie fiel, bevor sie zur Seite kippte. Bilder von ihren Händen, wie sie sich um Stuhlbeine krallten, an die Bettpfosten klammerten, in die Decken gruben, auf denen sie sich wälzte.

Die Frau stöhnte auf und presste die Fäuste gegen die Stirn.

Wenn sie die Fenster nicht öffnete, würde sie ersticken. Ein Blick auf das Kind sagte ihr, dass sie die Holzläden gefahrlos aus der Gaubenöffnung nehmen konnte. Es würde die nächste Zeit kein Geräusch machen, das laut genug war, um draußen gehört zu werden.

Unten im Haus hätte sie die Polizisten wohl erst bemerkt, wenn sie auf dem Hof gestanden hätten. Aber von hier oben sah sie die Kette schon von weitem über die Heide kommen. Weit und flach genug war sie ja, von dem bisschen Birkengestrüpp und ein paar windschiefen Kiefern abgesehen. Dicht an dicht schoben sie sich langsam auf das Haus zu. In dunklem Drillichanzug, an den Füßen ihre schweren Einsatzstiefel, suchten sie, nur auf Armeslänge voneinander entfernt, Schritt um Schritt die Fläche ab. Hin und wieder tippten sie mit ihren langen weißen Stäben gegen ein Heidekrautbüschel oder bückten sich, um einen hellen Sandhuckel unter den Fingern zerrinnen zu lassen. Nicht mehr lange, und sie würden unten vor der Tür stehen.

Bis dahin musste sie wissen, was sie tun sollte.

Auf keinen Fall das Fenster öffnen. Die Läden konnten nicht wieder zurück in die Halterung. Vielleicht war die Bewegung nicht bemerkt worden, als sie sie abnahm. Soweit sie erkennen konnte, starrten alle Polizisten vor sich auf den Boden.

Sie trat behutsam einen Schritt zurück in die Deckung des Strohdachs.

Konzentrier dich, beschwor sie sich. Finde heraus, was das Wahrscheinlichste ist. Ob sie schon am Zaun Halt machen oder bis ins Haus kommen und Fragen stellen? Den Schuppen öffnen, das Fahrrad finden.

Fast wäre sie gestürzt, so hastig jagte sie die Treppe hinunter. Warf einen Blick durch das Küchenfenster auf den Schuppen. Das Vorhängeschloss war eingehakt, der rostige Bügel in den Kolben geschoben. Den Schlüssel sah sie an seinem Haken neben der Haustür.

Die Gardinen waren nicht vor die Fenster gezogen. Durch die große Scheibe hinter der Sitzbank konnte jeder den Raum überblicken. Tisch und Stühle am Essplatz, das alte Sofa mit der gestreiften Decke. Der niedrige Tisch, auf den sie manchmal die Füße legte, wenn sie in einem der Sessel saß. Aber nirgendwo etwas, das sie verraten konnte. Keine Trinkflasche. Kein Kinderhemd. Nichts. Jetzt zahlte sich aus, dass sie alles immer sorgfältig wegräumte. Zu groß war das Risiko von jemandem entdeckt zu werden, der eigentlich nichts hier zu suchen hatte. Jemand, der früher mal in diesem Haus Ferien gemacht hatte. Oder nächstes Jahr machen wollte. Nachbarn, die neugierig waren oder sich erkundigten, wann der oder der kam, der sonst doch im Sommer immer hier gewesen sei.

Noch einmal ließ sie den Blick durch den Raum wandern. Nur die Tabletten sollten noch verschwinden. Sie huschte gebückt zur Küchenzeile hinüber und stopfte die Schachtel hinter Mehl und Zucker auf dem Regal hinterm Herd.

War die Haustür abgeschlossen? Den Kontrollgriff zur Klinke wagte sie nicht. Bestimmt hatte sie den Schlüssel herumgedreht, bevor sie ihn aus dem Schloss gezogen hatte. Zweimal sogar, da war sie sich fast hundertprozentig sicher.

Auf Zehenspitzen schlich sie die Treppe wieder nach oben und setzte sich auf den Absatz vor der Kammer, die Füße auf der letzten Stufe. Regungslos, den Kopf auf die Knie gedrückt, hockte sie da, und wartete auf das, was geschehen würde.

Wie ein Tier in der Falle, dachte sie. In die Enge getrieben, mit dem Rücken zur Wand.

Am liebsten hätte sie geweint. Oder laut geschrien und sich mit den Fäusten gegen die Brust getrommelt, wie sie es bei verzweifelten Affenfrauen gesehen hatte, die ihren Jägern nicht entkommen konnten.

Ohne Eile rückten sie näher an das Haus heran. Das war schlecht, weil es das Warten furchtbar in die Länge zog. Das war gut, weil sie Zeit hatte, sich zu beruhigen.

Auf den Hof konnte jeder. Durch die Gartenpforte, den grasüberwucherten Weg entlang bis zur Tür, wie jeder andere Besucher auch. Dann mussten sie klopfen. Wenn sie durch die Fenster ins Haus guckten, war das vielleicht auch noch erlaubt. Aber für alles andere brauchten sie einen Durchsuchungsbefehl. Oder hatten sie den dabei? Automatisch sozusagen, weil es ein Notfall war? ‚Gefahr im Verzug' nannten sie das wohl. Aber sah hier irgendwas nach Gefahr aus? Sogar für den Schuppen werden sie eine Erlaubnis brauchen. Der Schuppen! Sie schnappte nach Luft, als ihr das Fenster in der Rückwand einfiel. Jemand, der gründlich suchte, würde es hinter den Kiefern am Zaun entdecken. Auch wenn die Scheiben wellig und fast blind waren - das Rad stand gut sichtbar neben dem Rasenmäher.

Sie kamen zu zweit. Wenigstens die vor der Tür waren zu zweit. Ob die anderen warteten oder schon weiter über die Heide zogen, konnte sie von ihrem Posten aus nicht sehen.

Es klopfte. Zweimal kurz. Pause. Keiner da. Eine Frauenstimme. Trotzdem wurde noch einmal geklopft. Drei Fingerknöchelschläge gegen die Tür.

Komm schon. Die Frauenstimme drängelte. Wenn ich's dir doch sage – keiner zu Hause.

Kein Wunder, brummte der Mann, bei dem Wetter wär ich auch lieber am Strand. Schreib auf, dass wir hier waren und niemanden angetroffen haben.

Dann war nichts mehr zu hören. Das Gras auf den Gehwegplatten schluckte die Schritte der Polizeistiefel. Eine Weile saß sie noch zusammengekauert auf ihrem Platz. Alles blieb still. Von draußen hörte sie nichts und auch nichts von dem Kind auf dem Bett in der Kammer.

*

„So ein überflüssiger Scheiß!"

Pieplow sparte sich eine Erwiderung. Erstens weil das klüger war, wenn Kästner schlechte Laune schob, und zweitens hatte er keine Ahnung, worum es ging. Sie waren nur zufällig vor dem Rathaus aufeinander getroffen. Kästner nach der Einweisung von Suchtrupps in der Heide und Pieplow mit einem Stapel Fingerspurenkarten aller Nachbarn am Süderende.

„Durchsuchungsbeschlüsse! Wenn's nach mir geht, wird nicht lange gefackelt und rein in die Häuser. Grund genug haben wir doch!"

„Na ja ..."

Weiter kam Pieplow nicht. Es hätte ihn auch gewundert, wenn Kästner ihm nicht ins Wort gefallen wäre.

„Ich sag dir eins ..." Kästner hieb zu seiner überflüssigen Ankündigung in Pieplows Richtung. „Wie viele Häuser haben wir auf der Insel?"

„Keine Ahnung. Vierhundert? Vielleicht fünfhundert?"

„Höchstens! Aber nehmen wir ruhig mal fünfhundert. Für die kleinen zwei Mann eine Stunde. Das wär schon reichlich. Für die größeren mehr Leute und die doppelte Zeit. Das macht Pi mal Daumen?"

Pieplow schenkte sich eine Antwort.

„Zwei Hundertschaften, zwei Tage, höchstens – und wir wären mit allem durch!" Kästner sah Pieplow auffordernd an.

„Klingt einleuchtend", sagte er vage. Nicht nur um Kästner zufrieden zu stellen. Auch weil er selbst liebend gern gegen alle möglichen Gesetze verstoßen hätte, wenn es half, Leonie zu finden.

Dass er beinahe mit einer Frau zusammenstieß, riss ihn aus seinen Gedanken.

Rechts und links aus dem rucksackartigen Teil vor ihrem Bauch ragten Kinderarme hervor, kurz, mollig, mit diesen dicken Speckfalten dort, wo einmal ein Handgelenk sein würde. Die kurzen Finger weit auseinandergestreckt wie in großem Schrecken. Sonst wirkte das Kind mit der rosa Mütze nicht verängstigt, nur erstaunt. Es sah mit ernsten blauen Augen über den Rand des Tragegestells, das die Frau mit beiden Armen fest umschlang wie jemand, der sein Kind vor drohender Gefahr schützen musste.

Sie hatte geweint. Das schloss Pieplow aus der verschmierten Wimperntusche und den ungleichmäßigen roten Flecken, die trotz der Sommerbräune auf Stirn und Wangen sichtbar waren. Ihr Haar hatte sich aus dem geflochtenen blonden Zopf im Nacken gelöst und kringelte sich rechts und links des Halses. Hinter ihr lief ein Mann mit großen Schritten durch die Rathauszufahrt. Pieplow hatte ihn irgendwo schon einmal gesehen. Als er die Frau eingeholt hatte, legte er einen Arm um ihre Schultern und küsste erst sie und dann das Kind auf die Stirn. Sie holte tief Luft, etwas zwischen Seufzen und Schluchzen, und lehnte sich gegen den Mann. Bevor er beide Arme um sie schlang, stopfte er ein rosa-rot-blau geringeltes Hemdchen in die Tasche seiner Shorts.

Leonies Hemd, schoss es Pieplow durch den Kopf. Dasselbe wie auf dem Fahndungsfoto. Aber das Kind konnte nicht Leonie sein. Es hatte blaue Augen. Es war fast doppelt so groß, und auch alles andere an ihm sah vollkommen anders aus.

Erstaunt stellte Pieplow fest, dass es ihm sehr wohl gelingen konnte, ein Baby zu identifizieren.

Er klemmte sich den Farbkasten und den Stapel Fingerabdruckkarten unter den Arm und versuchte, die Farbe von seinen Fingerkuppen zu rubbeln. Er hätte Kästners Rat befolgen sollen. Mit Gummihandschuhen hätte er ruhig aus Versehen auf das Farbkissen fassen können, ohne jetzt wie ein Anfänger mit geschwärzten Fingern dazustehen. Aber immerhin hatte er alle zusammengetragen. Alle Nachbarn von Fine und Marie. Alle ihre Gäste, aus Dessau, aus Quedlinburg und Torgau hatten sich auf den Karten mit den zehn Feldern verewigt.

Die Hamburgerinnen im Haus auf der Wiese hatten im Garten gesessen.

„Das hätte ich mir auch nicht träumen lassen“, hatte die Ältere mit dem vielen Grau im blonden Haar gesagt, „dass ich noch mal meine Fingerabdrücke hergeben muss. Und ausgerechnet auf Hiddensee.“

Die anderen hatten mit besorgten Gesichtern genickt.

„Wir haben die Kleine doch noch kurz vorher gesehen. Da lag sie friedlich in ihrem Wagen und schlief und ...“

„Wir haben uns noch darüber aufgeregt, dass die Mutter sich abschuftet, während der Herr Gemahl den Künstler gibt“, war die Jüngste ihrer Freundin ins Wort gefallen.

Die Frauen waren Pieplow sympathisch. Nicht nur wegen des frischen, heißen Kaffees, den sie ihm hinstellten. Vor allem, weil sie aus ihrer Abneigung gegen Oliver Eggert so gar keinen Hehl gemacht hatten.

„Be-fra-gen! Ihr sollt die Leute befragen und nicht in Angst und Schrecken versetzen!“

Pieplow hörte Ostwald brüllen, bevor er noch den ersten Fuß auf die Treppe zum Besprechungsraum gesetzt hatte. „Wenn ihr wie die Horden des Herodes durch die Gegend trampelt, ist das kontraproduktiv! Habt ihr das verstanden?"

Kontraproduktiv bestimmt, dachte Pieplow, aber ob jeder was mit den Horden des Herodes anfangen kann? Er sah, wie Ostwald vor zwei Uniformierten wild gestikulierte und die angebissene Bockwurst in seiner Hand bedenklich hin- und herschlingerte.

„Aber ...", setzte einer von beiden an.

„Nichts aber! Das Kind hatte blaue Augen. Blaue! Von den anderen Unterschieden ganz zu schweigen! Und ihr schleppt die Leute hierher - ich fass es nicht!"

„... das Hemd", versuchte der andere zu retten, was zu retten war.

„Das Hemd!", schnaubte Ostwald. „Wir suchen kein Hemd, das zehntausendmal über die Ladentische gegangen ist, wir suchen ein Kind, verdammt nochmal!"

Ein Senfspritzer flog von seiner Wurst auf eines der Uniformhemden. Wütend schmiss er sie auf den Pappteller zurück und griff nach der Zigarettenschachtel.

Dass er sich plötzlich umdrehte und in normaler Lautstärke sprach, kam nicht nur für Pieplow überraschend. Ostwald hob die Zigarettenhand, als wolle er die beiden Uniformierten berühren, ließ sie dann aber wieder sinken.

„Nichts für ungut", beschwichtigte er nun, „die Nerven. Hier liegen die Nerven blank - seit dreißig Stunden ist die Kleine weg und wir haben immer noch keine vernünftige Spur."

*

Die Mutter hatte geweint. Marten wusste es, auch wenn sie tat, als müsste sie husten und niesen und sich die Nase putzen. Es hatte mit der Zeitung zu tun, die sie aus der Kaufhalle mitgebracht hatte. Sonst packte sie immer alles weg, was sie einkaufte. Die Milch in den Kühlschrank, Zucker und Mehl ins Fach über dem Herd, Tomaten, Gurken und Zwiebeln in den Korb auf dem Küchenschrank. Aber heute nicht, heute blieb alles im Netz. Sie stellte es neben das Tischbein und kümmerte sich gar nicht darum. Nur um die Zeitung mit den Bildern neben den großen Buchstaben. Und dann weinte sie. Leise und hinter ihren flachen Händen, damit er nichts merkte.

Durch den Spalt der angelehnten Tür sah Marten es genau. Auch, dass sie ihre Daumen auf die Ohren presste, gerade so, als hätte sie etwas Schreckliches gehört.

Marten kannte verschiedene Arten von Weinen.

Es gab Tränen, um die musste man sich nicht kümmern. Zum Beispiel, wenn sich im Fernsehen zwei küssten und die Landschaft sehr schön war oder der Himmel über ihnen. Das war gut. Dazu gab es schöne Musik und man wusste, dass alle glücklich waren.

Und dann gab es Tränen, mit denen die Traurigkeit weniger wurde, wie weggespült. Und wenn sie zurückkam, die Traurigkeit, dann konnte man noch einmal weinen und sie wieder wegspülen. Als der

Vater tot war, hatte er es so gemacht und die Mutter auch.

Aber jetzt hatte sie Angst, das spürte er, und es musste mit der Zeitung zu tun haben.

Weil er so leise ging und weil ihre Daumen die Ohren versperrten, konnte sie nicht hören, wie er hinter sie trat, um sie so weit mit seinen Armen zu umschlingen, dass sich seine Hände vor ihrer Brust berührten. Sie zuckte zusammen, als sei er es, vor dem sie sich fürchtete.

Und dann sah er das Bild. Eine böse Fratze mit schmalen Augen. Mit Zähnen, so gefährlich wie von einem bissigen Tier. Daneben stand sein Name, das konnte er lesen. Für die kleinen Buchstaben darunter brauchte er viel Zeit, wenn er sie verstehen wollte. Aber bevor er dazu kam, nahm die Mutter die Zeitung und zerriss sie. Immer kleiner, bis nur noch Schnipsel übrig waren, die er nie im Leben wieder zusammensetzen konnte.

Er ließ sich auf einen Küchenstuhl fallen. Ganz schlapp fühlte er sich, schwach und gleichzeitig unruhig. Das kam, weil alles immer mehr durcheinander geriet.

Die Fotografen.

Die Männer heute Morgen am Hafen.

Die großen Autos.

Die beiden Polizisten am Gartentor.

Seit dem Mittag standen sie dort und drängten die Leute weg, wenn sie zu dicht an den Zaun kamen.

Trotzdem lag schrecklich viel Müll in den Beeten. Einfach so zwischen die Blumen geschmissen. Steine hatten einigen Dahlien die Blüten zerquetscht.

Aufräumen, hatte Marten gesagt, wir müssen das aufräumen.

Nicht jetzt, Marten. Bleib im Haus. Wir machen das sauber, wenn die Polizei Leonie gefunden hat.

Das kann ja lange dauern, dachte er. Vielleicht machen wir unseren Garten nie mehr sauber. Nicht immer, wenn die Polizei etwas sucht, findet sie es auch. Wie die Mutter vom Himmelfahrtskind. Die haben sie auch gesucht und gesucht, aber nie gefunden. Da war es so ähnlich gewesen wie jetzt. Eine Menge Polizisten, die ihn immer und immer wieder alles Mögliche fragten, obwohl er nichts wusste. Gar nichts. Nur, dass am Strand ein Kind in Handtüchern gelegen hatte und dass außer ihm nur noch der Turner dort gewesen war. Aber der hatte in den Himmel geguckt und sonst nirgendwohin.

Als das Telefon klingelte, wäre er vor Schreck beinahe vom Stuhl gefallen und musste seine Gedanken vom Meer, vom Strand und vom Turner erst zurückholen, bevor er den Hörer aufhob.

Sag, wo sie ist, du bescheuertes Schwein, oder es passiert was.

Die Stimme klang böse. So böse und drohend, dass er den Hörer fortwarf, als hätte er sich verbrannt.

*

Eis türmte sich himmelhoch auf. Es war totenstill und so kalt, dass der Körper erstarrte, ohne zu frieren. Weißes Licht erfüllte die seelenlose Kathedrale, in deren Tiefe eine dunkle Gestalt das einzig Bewegte war. Marie erkannte ihren Mann, obwohl er von ihr fortging, ohne sich umzuwenden. Mit weit ausholendem Schritt, ohne Hast in den fließenden Bewegungen näherte er sich dem Licht, das für Sekunden den Raum in gleißende Helligkeit tauchte.

Oliver!, rief sie und, weil er sie nicht zu hören schien, noch einmal: Oliver!

Aufhalten ließ er sich nicht, aber mit dem Gleichmut, den sie so gut an ihm kannte, wandte er sich halb zu ihr um. Und da erst sah sie, dass er das nackte Kind vor sich hertrug: Das Köpfchen hing schlaff über den Arm hinaus, der es hielt. Obwohl in dem bleichen kleinen Körper kein Leben mehr sein konnte, war es Marie, als treffe sie ein Blick aus Leonies weit aufgerissenen Augen.

„Berühmt, Marie, ich werde berühmt." Er lächelte spöttisch. „Und du wirst es nicht verhindern."

Maries Schrei hallte von den Eiswänden wider.

Sie zitterte, als sie erwachte. Ihr Gesicht war nass von Tränen und dem Angstschweiß, der ihr aus allen Poren drang.

Es war stockdunkel. Längst war der letzte Ton der Spieluhr verklungen, über deren Melodie sie eingeschlafen sein musste. Als die Dämmerung kam, hatte sie sich in Leonies Zimmer verkrochen, von der Straße waren noch Rufe und Lachen zu ihr heraufgedrungen. Ein Ferientag ging zu Ende. Benommen erhob sie sich aus dem Sessel neben dem Kinderbett. Sie fühlte sich fiebrig, als sei sie aus klirrender Kälte gerade erst in das stickige Zimmer getreten. Ihre Hände waren kalt und so starr, dass sie Mühe hatte, den Fensterriegel aus seiner Halterung zu lösen. Sie hob den Kopf, um sich das heiße Gesicht kühlen zu lassen.

Es musste die dunkelste Stunde der Nacht sein. Ein Spatz ziepte aus dem Holunderbusch neben der Kinderschaukel. Nur einmal, als habe er sich geirrt und schweige jetzt verlegen still. Der Leuchtturm verbarg seine rotierenden, hellen Lampen hinter Baumkronen und wehte nur blasse Lichtschwaden wie Nebelfetzen durch die Stille. Ein Windhauch ließ das Laub der Erlen in der Wiesensenke rascheln.

Ganz unbewegt, mit kraftlos herabhängenden Armen, stand Marie am offenen Fenster. Stumm, ohne das leiseste Schluchzen, liefen Tränen über ihr Gesicht.

Aus den Atelierfenstern fielen helle Rechtecke in das Gras vor dem Haus. In einem tauchte Olivers Schatten auf und verschwand wieder. Ohne Hast. Lautlos.

Ganz anders als vor ein paar Stunden.

Marie hatte die beiden Polizisten bis an die Haustür begleitet.

„Kommen Sie zurecht?", hatte der Rothaarige gefragt.

„Oder brauchen Sie Hilfe? Wir können uns darum kümmern", hatte der andere ergänzt, als sei ihr stummes Nicken keine ausreichende Antwort gewesen.

„Nein, danke. Es geht schon. Die Nachbarn ...", stammelte sie, „... der Arzt ... gleich nebenan ..." Sie zwang sich zu einem traurigen Lächeln, das ihre Hilflosigkeit nicht verbergen konnte.

Die Männer musterten sie besorgt, ehe sie sich durch die halb geöffnete Tür schoben, hinter der sich Marie vor dem Gewimmel aus Mikrofonen und Objektiven verbarg.

„Berühmt! Wenn ich so was schon höre!", tobte Oliver, als sie ins Zimmer zurückkam. Wütend stampfte er hinter dem Sessel auf und ab, in dem eben noch Ostwald gesessen hatte.

„Was bildet dieser Kerl sich ein? Kann mir das jemand erklären? Ich habe einen Namen, und zwar einen guten! Ich habe dieses Haus zu einer Adresse gemacht. Berlin, München, Dresden - die Leute kommen von überall, um meine Arbeiten zu sehen, und da entblödet dieser Mensch sich nicht, etwas von berühmt zu faseln. Als wenn ich es nötig hätte, mich ins Gerede zu bringen!" Seine Schritte hackten über die Holzdielen.

Er ballte die Hände zu Fäusten und stopfte sie in die Hosentaschen, um sie mit zornigem Ruck gleich wieder herauszureißen.

„Darum geht es doch gar nicht“, murmelte Marie.

„Ach nein? Und worum dann, wenn ich fragen darf? Du hast doch gehört, was er gesagt hat: Berühmt sind Sie nicht? Als wenn jemand wie der Ahnung von Kunst hätte!“

Und plötzlich war etwas vorbei. Ihre Sanftmut. Ihr Schweigen. Ihr Wunsch, alles richtig zu machen, ihn zu bewundern für das, was er tat.

„Es geht um Leonie!“, schrie sie ihm ins Gesicht. „Um Leonie, nicht um dich! Unser Kind ist verschwunden und von dir kommt nur ich, ich, ich!“

Um ein Haar hätte sie sich auf ihn gestürzt. Ihn geschüttelt oder geschlagen, weil sie es nicht mehr ertrug. Den entsetzlichen Schmerz nicht, den ihr jeder Gedanke bereitete, die Qual der endlosen Stunden ohne das Kind. Ihre Einsamkeit nicht.

Seitdem fror sie. Obwohl es draußen fast dreißig Grad warm war.

In ihrem Eiswinter mit Oliver hatte sie nicht gefroren. Da war sie sogar glücklich gewesen. Stolz auf alles bis dahin Erreichte. Ihren Entschluss, auf der Insel zu leben. Das Haus, uralt und marode, und die Pläne für zwei Jahre Arbeit, an deren Ende sie kaum glauben konnte, was sie geschafft hatte.

An einem dieser kalten Tage stand er in der Tür.

„Wie in Sibirien“, lachte er und klopfte sich Eisstücke aus der Mütze. „So stelle ich mir Sibirien vor“, und meinte damit die endlose Weite, in der die verschneite Insel zu versinken schien.

Und dann küsste er sie. Auf den Mund, auf die geschlossenen Augen und, ganz sanft, mit einem kleinen, warmen Geräusch, in die Mulde hinter ihrem Ohr.

Mitten im Winter waren die Bilder des Sommers zurückgekehrt.

Die warmen Augustnächte. Der dunkle, klare Himmel, von dem mehr Sternschnuppen fielen, als ein Mensch Wünsche haben kann. Ihre Gespräche über Gott und die Welt. Das vertraute Gefühl, das zunahm, je öfter sie beisammensaßen. Marie mit Gipsresten in den Haaren und Farbspuren an den Fingern.

„Malerschicksal", hatte er geflüstert und mit seinem Mund ganz sanft ihre Handinnenflächen berührt.

Es machte ihm nichts aus, mit seinen Bildern in einem Rohbau zu hausen. Nicht einmal die zerborstene Stalltür störte ihn. Sie hängten ein Badelaken davor, als sie das erste Mal miteinander schliefen.

Mehr Komfort könne er sich nicht leisten, erklärte er und wirkte betrübt, wenn er darüber sprach, dass sein Sommeratelier bis zum kommenden Jahr ein perfektes kleines Ferienhaus sein sollte.

Man werde ja sehen, entgegnete sie, vielleicht werde es ja auch gar nicht fertig. Oder die Handwerker streikten. Oder es passierte sonst irgendwas. Etwas, das ihn wiederkommen ließ.

Und er kam wieder. Sie konnte ihr Glück kaum fassen. Wann es Risse bekam, konnte Marie nicht sagen. Sie wollte auch nicht darüber nachdenken, warum Nähe zwischen ihnen so selten geworden war, erst recht, seit es Leonie gab. Es war, als hätte das Kind sich zwischen sie geschoben.

Marie zwang sich, ihren Platz am Fenster zu verlassen. Auf dem Weg zur Tür drohten ihre Beine den Dienst zu versagen, obwohl sie sich mit einer Hand immer irgendwo festhielt. Am Sessel, in dem sie Leonie stillte. Am Kinderbett oder am Rand des Wickeltisches, auf dem noch Leonies Kleider lagen. Eine weiße Hose und das Hemd mit den Schmetterlingen.

In einer anderen Zeit, in einem anderen Leben hatte sie sich mit solchen Nichtigkeiten befasst - das Kind für den Gang zum Hafen hübsch anzuziehen, um sich selbst eine Freude zu machen. Um die Schmeicheleien der Frauen zu hören, die sich über den Wagen beugten.

Marie fiel das Kind ihres Traums wieder ein. Alles, alles gäbe sie für Leonies nacktes Leben.

*

Wenn sie die Augen schloss, schoben sich die Bilder übereinander als sei in einer Kamera der Film nicht transportiert worden. Eins lag über dem anderen und es wollte ihr nicht gelingen, sie voneinander zu trennen.

Meer, wie es in schläfrigen langen Wellen gegen den Strand rollt. Sie kann es sehen, wenn sie sich aufrichtet, mit dem Ellenbogen in den Sand gestützt, und den Kopf über die Düne schiebt, um sich von der Brise im Sonnenaufgang kühlen zu lassen.

Sein Lächeln, das spöttisch wirkt, sobald er gleichzeitig die Augenbrauen ein klein wenig hebt. Seine Hände, wie sie sanft über ihren Körper wandern, ein Gefühl wie von ganz feinem Schmirgelpapier.

Kalte Augen, die sie mustern, als sehe er sie zum ersten Mal. Wen interessiert, was im Sommer war. Und sie weiß nicht, wohin.

Blut fließt über die Bilder, und der Schmerz hat sie längst in tausend Fetzen gerissen, als endlich alles vorüber ist.

Erst als sie aufschreckte, bemerkte sie das Kissen, das zu beiden Seiten ihrer verschränkten Arme hervorquoll, so fest hielt sie es gegen den Leib gepresst. Sie lauschte, ob sich das Geräusch wiederholte, das sie aus ihren Erinnerungen gerissen hatte. Wie ein vorwurfsvolles Seufzen hatte es geklungen. Nicht wie die hellen, heiseren Schreie, die zu ihren Bildern gehörten. Sie stand auf und wäre beinahe der Länge nach hingeschlagen. Im letzten Augenblick fand sie Halt am Türrahmen. Das kurze Stück bis zur Treppe wirkte auf einmal unüberwindlich. Sie musste warten, bis der Schleier vor ihren Augen verschwand und sie die Stiege in Angriff nehmen konnte. Mühsam, den Fuß bei jedem Schritt prüfend auf das Holz gepresst, erklomm sie die Stufen, die rechte Hand am Geländer, in der linken noch immer das Kissen.

Das Kind lag neben der Decke fast quer auf dem Bett. Wie es das fertig gebracht hatte, war ihr ein Rätsel, so bleich und schlaff, wie es vor einer Stunde noch gewesen war. Die Augen hielt es geschlossen, während es den Kopf in Richtung der Schritte drehte.

Die Frau machte einen Schritt auf das Bett zu, dann noch einen. Mit dem Fuß stieß sie gegen die kleine Lampe, die auf dem Boden stand, damit sie das Kind nicht blendete. Der Lichtkegel schwankte hin und her und ließ ihren Schatten über die Wände huschen wie ein Dämon, der größer und größer wurde, je weiter sie das Kissen hob. Ihre Finger krallten sich tief in den Stoff, bis die Arme zu zittern begannen.

Nicht mehr denken. Einfach ohne Zögern tun, was man fühlt.

Das Kind öffnete die Augen. Als es das Gesicht über sich sah, lächelte es, unsicher und zittrig zwar, aber es lächelte, und der Dämon fiel in sich zusammen. Es nahm auch die Milch, die diesmal weniger heiß und weniger süß war. Die Frau beugte sich zu ihm hinab, während es trank. Sie hielt den Kopf schräg und nahm ihren Blick nicht aus dem Gesicht des Kindes. Zum ersten Mal seit langer Zeit lächelte auch sie.

Ich werde einen Weg finden, murmelte sie. Du wirst sehen, alles wird gut.

Das glaubte sie umso mehr, als sich das Kind in den Schlaf wiegen ließ, sich nicht mehr aufbäumte, sobald sie es berührte.

Danach, als das Kind schlief, saß sie lange an ihrem gewohnten Platz, die Füße auf dem kleinen Tisch, aber ohne das Kissen. Sie hatte es weit unter das Sofa gestopft, damit sie es nicht mehr sehen musste. Morgen würde sie es wegschmeißen und nie mehr an den Moment denken, als es über dem Kopf des Kindes geschwebt hatte.

Sie würde überhaupt nicht mehr an Vergangenes denken. Stattdessen die Zukunft für sich und das Kind planen. Zehn Tage hatte sie noch, dann wollten die Nächsten das Haus beziehen, aus dem sie spurlos verschwunden sein würde.

Zehn Tage, in denen sie abwarten konnte, ob sich da draußen etwas veränderte.

Vielleicht, dass sie die Polizisten abzogen. Sicher nicht alle, aber doch einen Teil. Oder auf den Schiffen nur noch Stichproben machten. Sie versuchte sich zu erinnern, ob sie etwas gelesen oder gehört hatte, wie lange so viele Polizisten an einem Fall arbeiteten. Selbst wenn alles blieb, wie es war - immer dieselbe Arbeit ließ unachtsam und träge werden. Das wusste sie und auch, dass sich dann Fehler einschlichen. Für Polizisten galt das bestimmt genauso wie für jeden anderen Menschen.

Sie musste nur ruhig bleiben, geduldig und klar bei Verstand. Nicht einmal der Blick auf die Tablettenschachtel konnte sie jetzt in Panik versetzen. Sie sah zur Uhr. Zehn vor sechs. Beim letzten Mal war es noch dunkel gewesen. Halb fünf? Drei Stunden dauerte es mindestens noch, eher vier, bevor sie die nächsten brauchte.

Auch damit wird Schluss sein, dachte sie. Wenn alles vorbei ist, wird es keine Tabletten mehr geben. Weil sie überflüssig sein werden. Wenn die Angst vorüber ist und ich glücklich bin, brauche ich auch keine Tabletten.

Aber dass sie jetzt zur Neige gingen, war nicht gut. Jetzt, wo es auf jede Kleinigkeit ankam, wollte sie kein Risiko eingehen. Auch das nicht, dem Inselarzt gegenüberzusitzen. Das Rezept in der Sammelstelle abgeben. Stundenlang auf die Lieferung warten. Schon der Gedanke an die vielen prüfenden Augenpaare ließ ihre Hände schwitzen. Unter den Blicken, die sich in ihren Kopf zu bohren versuchten, würde ihr Herz zu rasen beginnen, bis sie kaum noch ein vernünftiges Wort herausbrachte.

Alles Verdächtige melden. So hatte es auf diesem Zettel gestanden. Aber sie würde sich nicht verdächtig machen. Sie stand aus ihrem Sessel auf, um die silbrigen Streifen zu prüfen. Vier waren noch übrig. Gegen halb sieben ein winziges Stück für das Kind. Den Rest würde sie mitnehmen. Zwei Dörfer, zwei Ärzte, zwei Apotheken. Auf Rügen ließ sich das finden.

Wieder sah sie zur Uhr. Kurz vor sechs. Auf dem Weg zur Dusche zog sie sich schon das Hemd über den Kopf. Bevor sie das Wasser andrehte, horchte sie auf Geräusche von oben, aber alles blieb still.

In einer Stunde ging die erste Fähre. Um sieben ab Kloster. Mit etwas Glück konnte sie um elf schon wieder zurück sein. Sie machte eine Liste der Dinge, die es heute zu erledigen gab. Mit dem Fahrrad nach Kloster. Den Gepäckträger mit einem Handtuch verbergen. Die Fähre nach Rügen. Arztpraxen suchen. Rezepte einlösen. Milch für das Kind besorgen. Dann konnten sie die Überwachungskamera in der Kaufhalle in Vitte auf die Babynahrung richten, solange sie wollten.

Sie beglückwünschte sich, dass ihr sogar das eingefallen war. Die Überwachung der Babyabteilung. Fast hätte sie laut zu singen begonnen.

Montag

Pieplow fühlte sich ausgehöhlt. Er hatte nur ein paar Stunden geschlafen. Drei, vielleicht vier, wenn er die Zeit mitrechnete, in der er sich mit wüsten Bildern herumgeschlagen hatte. Schreiende Frauen über tote Kinder gebeugt. Kleine Leiber mit grauenhaften Wunden und Gesichtern so wächsern und starr, dass es einen schauderte. Sein Kopf schmerzte und seine Augen brannten, als habe er Sand unter den Lidern. Zweimal gähnte er so heftig, dass seine Kiefergelenke knackten. Trübsinnig starrte er auf den schlierigen schwarzen Spiegel hinab, der sich auf seinem Kaffee bildete. Eine lauwarme schwarze Brühe im Pappbecher. Er verzog angewidert das Gesicht.

Ob hier wohl jemals wieder alles normal wurde? Kästner und er, gemütlich unten im Wachraum. Ungeschriebene Tagesberichte, Schmalzkuchen mit heißem Milchkaffee aus großen Pötten. Sein einziges Problem: die Sache mit den Frauen. Von Kästners Macken abgesehen. Er hob den Kopf und ließ seinen Blick durch den Raum wandern. Trotz der offenen Fenster stank es nach Kneipe. Der Gemeinderat würde sein Sitzungszimmer bis Weihnachten lüften müssen, um den Mief wieder rauszukriegen. Kalter Rauch, kalter Schweiß, kalter Kaffee. Eine üble Mischung.

Reiß dich zusammen, ermahnte Pieplow sich. Konzentrier dich, sonst hast du nachher das Wichtigste verpennt und kommst überhaupt nicht mehr mit.

„... Abgleich der Daten bisher nichts gebracht", schloss Ostwald gerade und zündete seine Zigarette an.

Mehr hatten die Zugführer der Bereitschaftspolizei auch nicht zu melden. Bisherige Suchaktion ergebnislos.

„Aber noch sind wir nicht auf dem Gellen gewesen. Auf dem Bessin auch nicht", sagte der eine.

„Naturschutzgebiet, unbewohnt", gab sein Nebenmann zu bedenken.

Pieplow wusste nicht, ob das für die Suche nun gut oder schlecht war.

Durch die offene Tür drang das Klingeln der Telefone.

Es fehlte nicht viel, und der Kaffee wäre auf Pieplows Hose geschwappt, als Kästner ihm auf die Schulter tippte.

„Musst du so schleichen?", beschwerte sich Pieplow auf dem Weg die Treppe hinunter.

„Seit wann bist du so schreckhaft?", gab Kästner zurück. „Soll ich vielleicht das Palaver stören, nur weil noch so'n rostiger Drahtesel aufgetaucht ist?"

„Und wo?"

„Kloster. Am Hafen. Der olle Niemann hat angerufen. Er schwört Stein und Bein, dass es genau so aussieht, wie's auf dem Handzettel steht."

„Abends um zehn würde ich ihm das nicht mehr glauben."

„Nee, eher nicht."

Mindestens fünf Doppelkorn genehmigte sich der olle Niemann, bevor er heimwärts schob. Kam ganz darauf an, wer einen ausgab.

Auf dem Weißen Weg gab es Gedränge. Fußgänger. Krischan mit seinen schweren Mecklenburgern vor dem Planwagen. Zwei junge Reiterinnen, die blasiert von ihren Gäulen herabschauten. Kästner hupte.

Die Urlauber reckten die Hälse, bis der Streifenwagen außer Sicht war.

Der olle Niemann wartete schon. Wies nur stumm mit dem grau gekauten Mundstück seiner Pfeife Richtung Fahrradständer.

Diamant. Braungrau. Der neue Chromgepäckträger glänzte in der Sonne.

„Kann hinkommen“, schätzte Kästner. „Oder?“

„Sieht so aus“, bestätigte Pieplow. Keiner von ihnen berührte das Rad.

„Seit wann steht es da?“

Fritz Niemann hob langsam die Schultern. Ließ sie wieder sinken. Nahm die Pfeife aus dem Mund. Musterte das Rad.

„Stand schon da, als ich kam“, sagte er dann und kratzte sich mit dem Pfeifenstiel an der Stirn.

„Und wann war das?“ Kästner drohte schon der Geduldsfaden zu reißen.

„Wie immer.“ Hetzen ließ er sich nicht. Die beiden Dösbaddel wussten ganz genau, wann er auf die Bank am Hafen zusteuerte. Wenn oben in der Pension die Frauen das Kommando übernahmen und klar

Schiff machten. Betten beziehen, abwaschen, Fenster putzen. Dann war es Zeit, am Anleger mal nach dem Rechten zu sehen.

„Mensch, Fiete", mahnte Pieplow, „wir machen das hier doch nicht zu unserem Vergnügen. Das muss alles ins Protokoll."

„Um zehn, ihr Nervensägen! Paar Minuten eher vielleicht. Das Schiff war noch nicht weg."

„Oh Mann", stöhnte Kästner und hackte in die Tasten seines Telefons. „Ich mach eine Wallfahrt, wenn das hier endlich vorbei ist." Für das Gespräch mit Ostwald ging er ein paar Schritte zur Seite. Pieplow sah, wie er nickte. Fahrrad sichern. Nichts anfassen. Spurensicherung abwarten.

Am besten sie zogen das rot-weiße Band vom Rettungsring an der Hafenmauer hinüber zum Papierkorb und von da bis zum Fahrradständer und bauten sich davor auf.

*

Die Uhr im Armaturenbrett zeigte zwanzig vor elf. Wenn sie das Elf-Uhr-Schiff noch erreichen wollte, musste sie sich beeilen. Sie berechnete die Zeit, die es brauchte, um das Auto abzustellen und unter den Augen der Polizisten an Bord zu gehen. Denn die standen immer noch da. Aber niemand von ihnen dachte daran, die Passagiere Richtung Hiddensee zu kontrollieren.

Sie hatte am Morgen beim Anlegen genau verfolgt, wie sie es machten, hatte absichtlich getrödelt und sich ans Ende der Warteschlange gestellt. Fünfzehn Polizeibeamte zählte sie. Lange Reihen aus Schultischen bildeten fünf Gänge wie Schleusen, durch die sich die Menschen schoben. Sie arbeiteten zu dritt. Kein Koffer, kein Rucksack, keine Tasche entging ihnen. Jedes Kleinkind nahmen sie genauestens in Augenschein und ließen sich durch das Gedränge um sie herum nicht aus der Ruhe bringen.

Hinter ihrer dunklen Sonnenbrille fühlte sie sich sicher. Sie konnte sogar den Kopf wenden, als interessierten sie die Wartenden rechts und links. Aus den Augenwinkeln sah sie trotzdem, was vor ihr geschah.

Und dann kam die Brünette mit dem weiten Kleid an die Reihe. Der bunt gestreifte Stoff wölbte sich über ihrem Leib, in der Hand hielt sie nur eine offene Strohtasche. Ein flüchtiger Blick reichte, um zu erkennen, dass darin kein Kind sein konnte. Über das Gesicht der Brünetten huschte ein halbes Lächeln, eines von der leidenden Sorte, das sagte: ‚Es geht mir nicht gut, aber ich bin tapfer und ertrage, was nicht zu ändern ist.' Dazu hielt sie ihre Hand mit gespreizten Fingern vorn an den Bauch, etwa in Höhe des Nabels, aber ein kleines Stück links davon. Der Polizist lächelte aufmunternd zurück und beeilte sich mit der Erfassung der Personalien.

Am liebsten hätte sie ‚genau!' oder ‚jawohl!' oder etwas Ähnliches gerufen, als sie sah, wie die

Schwangere auch das letzte Hindernis passierte und hinter dem Fahrkartenpavillon verschwand. So würde es gehen. Das Kind an den Bauch gebunden, ein weites Kleid darüber, den watschelnden Gang und ein hilfloses Lächeln vorher geübt, und niemand würde sie aufhalten. Kein Polizist tastete einen Neunmonatsbauch ab, zumindest keiner von diesen hier, so sorgfältig sie ihre Sache auch machten.

Es schien, als würde sich jetzt alles ändern. Sie hatte für das größte Problem eine ganz einfache Lösung gefunden. Jetzt durfte sie nur keine Fehler mehr machen. Nicht auffallen. Jeden Schritt vorher bedenken.

Danach war alles andere ganz leicht. Zwei Dörfer, zwei Ärzte. Zweimal die gleichen Ermahnungen. Nicht für die Dauerbehandlung. Das Suchtpotenzial, die Nebenwirkungen, vor allem bei hoher Dosierung. Nach Alternativen suchen.

Geduldig wartete sie ab. Nickte.

Gewiss. Das sagte der Hausarzt auch. Nach dem Urlaub würde sich vieles ändern. Fast alles sogar.

Endlich die Rezepte und weiter zur Apotheke. Es gab nur eine in Gingst. Sie zögerte einen Augenblick, aber so dumm war sie nicht, Rezepte von zwei verschiedenen Ärzten vorzulegen. Sie überschlug, wie viel Zeit sie brauchen würde, um noch nach Bergen zu fahren. Zu lange. Das Kind war seit vier Stunden allein. Sie würde einfach wiederkommen. Natürlich nur bei Bedarf. Wer konnte schon wissen, was in zwei oder drei Tagen war?

Die Apothekerin schrieb *morgens 1, abends 1/2* auf die Packung und machte darunter den energischen Strich mit dem Schlenker am Ende. Genau wie auf der anderen Schachtel, obwohl die aus Wolfsburg war. Vielleicht gehörte es zur Apothekerausbildung, energische Striche mit kleinen Schlenkern zu lernen.

Sie bezahlte und fand, dass ihre Finger ganz ruhig waren, obwohl sich mit Stichen hinter der Stirn Kopfschmerzen ankündigten. Ein Zucken am linken Augenlid machte sie so nervös, dass sie schwitzte. Sie brauchte Ruhe. Ein paar Stunden Schlaf, dann verging auch die Übelkeit wieder. Sie merkte, wie ihr der Hals eng wurde, als müsse sie weinen.

Keine Fehler machen. Jeden Schritt bedenken. Nicht auffallen. Wie Beschwörungsformeln kreiste es in ihrem Kopf.

Sie fasste neben sich auf die Sitzfläche. Babynahrung, ein kleines Paket Windeln, zwei Schnuller. Sogar daran hatte sie gedacht. Niemand schenkte einer Frau in der Babyabteilung des Supermarktes Beachtung. Wenigstens in Gingst nicht.

Zehn vor elf. Wenn sie schnell genug fuhr, konnte sie um zwölf wieder auf der Insel sein. Hoffentlich schlief das Kind noch, dachte sie und strich sich über die schmerzende Stirn. Wenn nur die gleißenden Blitze nicht wären, die der Himmel durch das Blätterdach über der Straße jagte. Ihre Augen schmerzten wie von Pfeilen getroffen, ihr rasendes Herz drohte den Brustkorb zu sprengen.

Sie wollte weinen und nach Hilfe schreien, als der Wagen zu schleudern begann. Es blieb dafür keine Zeit mehr.

*

„Sandra Marwede ist seit vier Stunden tot." Ostwald sprach ruhig, so langsam, als überprüfe er seine Gedanken während des Redens noch einmal. Er rauchte nicht, er fluchte nicht, und der Blick, mit dem er die Beamten rund um den großen Tisch ansah, wirkte fast abwesend. Seine Anspannung schien fast sichtbar im Raum zu hängen wie vor kurzem noch der Qualm seiner Zigaretten.

Pieplow rieb sich mit den Fingerspitzen die Stirn. Nicht nur, dass zwei Tabletten nichts gegen die Kopfschmerzen ausgerichtet hatten und die Augen immer noch brannten. Jetzt wollte sich auch sein Pulsschlag nicht mehr beruhigen, und in seinen Ohren brummte es wie von schweren Motoren, weit entfernt zwar, aber doch bedrohlich.

Seit das Bild vor ihm lag, wusste er, dass er nachdenken musste, doch er brachte nichts von dem, was ihm einfiel, in die richtige Ordnung. Sie war es, daran bestand kein Zweifel. Auf dem Führerscheinbild trug sie die Haare noch länger. Bis zum Kinn und für das Foto links hinter das Ohr geschoben. Sogar das spöttische Lächeln ließ sich ahnen, das ihm damals so reizvoll erschienen war.

„Sie hat die Insel heute Morgen mit der ersten Fähre ab Kloster verlassen. Ankunft um zehn nach acht in Schaprode, wo sie kontrolliert und registriert wurde“, fuhr Ostwald fort. „Den Kollegen ist nichts Ungewöhnliches aufgefallen. Ob sie Gepäck mit sich führte, wusste niemand mehr genau. Sie muss ihr Auto vom Dauerparkplatz in Schaprode geholt haben, der Parkschein fand sich im Wrack ihres Fahrzeugs. Am frühen Vormittag war sie dann bei zwei verschiedenen Ärzten und hat sich bei beiden ein Rezept für dasselbe Medikament ausstellen lassen. Nur eines davon wurde eingelöst, das andere war noch in ihrer Handtasche. Außerdem hat sie in Gingst Babynahrung, Windeln und Schnuller gekauft. Der Kassenzettel wurde in ihrem Portemonnaie gefunden.“

Niemand rührte sich, als Ostwald ein paar Sekunden mit konzentriert zusammengezogenen Brauen auf den Zettel vor sich starrte. Dann unterbrach jemand rechts von Pieplow die Stille.

„Was waren das für Rezepte? Was hatte sie, dass sie gleich zu zwei Ärzten gegangen ist?“

Ostwald hob den Blick. „Schlafstörungen. Angst. Irgendwelche Psychogeschichten. Genaueres konnten die Ärzte nicht sagen. Sie wollte Diazepam, und das hat sie auch bekommen, von beiden.“

Pieplow musterte das Bild, das Ostwald an die Wand projizierte. Sandra. Bestimmt hatte er den Namen gekannt. Nicht, dass sie Marwede hieß, soweit waren sie damals nicht gekommen. Aber aus Oebisfelde, das wusste Pieplow plötzlich wieder, noch bevor er die Zeilen unter dem Bild las.

„Aus Oebisfelde? Und wieso arbeitest du dann bei VW?“

„Wieso nicht? Ist doch ein Katzensprung bis Wolfsburg. Und wenn die Grenze nur einen kleinen Schlenker gemacht hätte, wär's sowieso VEB Volkswagen gewesen“, hatte sie lächelnd erwidert.

An ihr Lachen erinnerte sich Pieplow beinahe genauso gut wie an die feuchten Haarsträhnen über der Stirn und die Schweißperlen in ihrem Ausschnitt.

Er fuhr sich mit dem Zeigefinger zwischen Hemdkragen und Hals und fragte sich, ob es etwas geändert hätte, wenn er misstrauischer gewesen wäre. Wenn er sie vorgestern Abend genauer unter die Lupe genommen hätte. Wenn er rechtzeitig genug darüber nachgedacht hätte, ob der Mann mit dem Kind und die Frau auf dem Deich wirklich zusammengehörten. Blödsinn, beruhigte er sich. Sie hat sich durch nichts verdächtig gemacht. Und dafür, dass eine Frau nicht mehr so hübsch und unbekümmert wirkt wie noch ein paar Jahre zuvor, konnte es tausend Gründe geben.

Ostwalds Stimme holte ihn in die Gegenwart zurück. Die Gegenwart, in der diese Frau seit vier Stunden tot war, gestorben in den Trümmern eines blauen Golf an einem Alleebaum zwischen Trent und Schaprode.

„Bisher wissen wir aber nicht, ob Sandra Marwede die Frau ist, nach der wir suchen. Vielleicht wartet irgendwo eine Freundin mit Kind oder sonst jemand, für den sie nur einkaufen wollte. Wie dem auch sei, ich“ - Ostwald pochte sich mit den Fingerspitzen gegen die Brust - „bin mir fast sicher, dass wir endlich eine Spur haben. Eine ziemlich heiße sogar.“

Wenn Ostwald Recht hatte, dann war ein drei Monate alter Säugling möglicherweise seit neun Stunden allein, ohne dass irgendjemand auch nur die leiseste Ahnung hatte, wo man ihn suchen sollte. Oder in den Händen eines Komplizen, der jeden Augenblick die Nerven verlieren konnte.

„Das Problem ist, dass sich Sandra Marwede nicht in der Kurverwaltung angemeldet hat“, erklärte Ostwald. „Entweder hat sie es vergessen oder sie wollte schlichtweg die Kurtaxe sparen. Oder es gab einen Plan, nach dem sie unerkannt auftauchen und wieder verschwinden wollte. Wir müssen ...“ Ostwalds Handy knurrte und zitterte auf der Tischplatte. Das „Ja“, mit dem er sich meldete, klang gereizt. Aber dann schien sein Gesprächspartner etwas zu sagen, das ihn bestätigte. „Dachte ich's mir doch ... ist das sicher? ... habt ihr auch? ... gut. Danke.“

Ostwald zog eine Zigarette aus seiner rot-weißen Schachtel, behielt sie dann aber unangezündet zwischen den Fingern.

„Prima.“ Er neigte den Kopf in Pieplows Richtung, als habe der sich um die Ermittlungen besonders verdient gemacht. „Auf dem Rad, das ihr heute Morgen in Kloster sichergestellt habt, wurden die gleichen Fingerabdrücke gefunden wie auf dem Kinderwagengriff."

„Und das bringt uns jetzt irgendwie weiter?"

Pieplow hatte fast vergessen, dass es den jungen Bergener mit der Sonnenbrille auch noch gab.

„Das könnte schon sein." Ostwald wirkte fast heiter. „Dann nämlich, wenn sich herausstellt, dass es die Fingerabdrücke von Sandra Marwede sind, und das prüft die Technik gerade."

„Möglicherweise haben wir dann die Täterin", meldete sich Schöbel zu Wort. „Aber was ist mit dem Kind?"

Alle Augen wanderten von Schöbel zu Ostwald zurück. Pieplow ahnte, was jetzt kommen würde. Die Stapel Zettel mit dem Führerscheinbild von Sandra Marwede waren eigentlich schon Antwort genug auf Schöbels Frage.

„Wir müssen ihr Quartier finden! Und das muss schnell gehen, sehr schnell. Ich wette tausend zu eins, dass dort auch das Kind steckt. Wir gehen immer noch davon aus, dass Leonie lebt, aber es wird mit jeder Stunde enger. Deswegen will ich Zutritt zu allen Wohnungen und Häusern, zu denen sich die Mieter nicht finden lassen. Zu jedem Schuppen, der jemals als Urlaubsquartier genutzt wurde. Findet heraus, wer die Eigentümer sind und an wen sie vermietet haben. Für die Durchsuchungsbeschlüsse sorge ich."

Er hob einen Papierstapel vor sich mit beiden Händen auf und knallte ihn zurück auf den Tisch. „Ich will außerdem, dass ihr in eurem Abschnitt jeden befragt. Wirklich jeden, egal, was die Leute gerade machen. Es ist völlig schnurz, ob sie gerade Zander essen oder einkaufen, sich anschreien oder rumknutschen. Ihr haltet allen einen Zettel unter die Nase und hört euch an, was sie dazu zu sagen haben!"

Pieplow hätte sich diesmal einen anderen Abschnitt gewünscht. Die Häuser zwischen dem Hotel zur Ostsee und Außendeich mochten noch angehen, aber nirgendwo gab es am Strand so viele Nackte wie am südlichen Ende des Seedeiches. Er sah sich mühsam in seinen schwarzen Halbschuhen von Sandburg zu Sandburg stapfen, seine Zettel in der Hand, Notizblock und Stift griffbereit in der Brusttasche. Blanke Busen, hoch aufgereckte Hintern von Leuten, die irgendwas buddelten, schwarzes und blondes und rotes Schamhaar. Und er vorschriftsmäßig in Uniform: „Entschuldigen Sie ..." Pieplow unterdrückte ein Seufzen.

Wie mit einem weiten Netz zogen sie über die Insel in der Hoffnung, es möge der eine oder andere Fang dabei sein.

Eine Verkäuferin, die sich erinnerte. Ein Kellner, der Sandra Marwede einen Kaffee oder einen Salat serviert hatte. Ein Hobby-Ornithologe vielleicht, dem sie vors Fernglas gelaufen war.

Irgendwas in dieser Art.

Da konnte er ebenso gut mit Marten beginnen. Wenn es jemanden gab, dem auch die kleinste Kleinigkeit nicht entging, dann war es Marten. Um ein Haar hätte Pieplow das auch in der Dienstbesprechung gesagt. Gerade noch rechtzeitig meldete sich der Typ mit der Sonnenbrille zu Wort und bewahrte ihn davor, sich vor versammelter Mannschaft lächerlich zu machen. Denn Marten befragte man nicht so einfach. Schöbel war schon an ihm gescheitert. Auch Ostwald würde nichts ausrichten, und wenn er sich noch so sehr zur Ruhe zwang.

*

Die Klingel war abgestellt. Pieplow klopfte gegen die braune Holztür. Der Kollege am Zaun hob die Hände halb in die Höhe und zuckte mit den Schultern. „Die müssen da sein“, rief er herüber. „Seit heute Morgen ist keiner mehr aus dem Haus gekommen.“

Kein Wunder, dachte Pieplow. So traurig hatte Hedwigs Garten noch nie ausgesehen. Zwischen den Stauden lag Müll, irgendetwas Schweres musste in die Dahlien geflogen sein, und von Pieplow waren in den letzten Minuten mindestens zwanzig Bilder gemacht worden. Wie er auf das Gartentor zuging, sein kurzes Gespräch mit dem Kollegen, der Weg über die grauen Zementplatten vor dem Haus, alles schien die Öffentlichkeit zu interessieren.

„Holt ihr ihn endlich ab?“, fragte jemand. „Wird ja auch Zeit“, setzte eine Frau nach.

„Wer ist da?“, kam es aus dem Haus, gerade als Pieplow zum zweiten Mal klopfen wollte.

„Ich bin's, Daniel.“

Hedwig blieb unsichtbar, während sie die Tür gerade so weit öffnete, dass Pieplow sich in die Diele schieben konnte.

Martens Mutter sah elend aus. Ihr volles graues Haar war zerzaust, ihre Hände eiskalt. „Komm rein“, sagte sie tonlos, „ich bin in der Küche.“ Sie setzte sich an den Tisch zurück und hielt sich die Stirn, als habe sie Kopfschmerzen. Gerne hätte er sich um sie gekümmert, vielleicht etwas Heißes zu trinken gebracht. Oder besser etwas Kaltes, weil die Luft hinter den geschlossenen Fenstern der Küche so stickig war, aber dafür war jetzt keine Zeit.

„Wo ist Marten?“

„Wieso?“ Sie schien es tatsächlich für möglich zu halten, dass er, ausgerechnet er, hier auftauchte, um Marten abzuholen. Er drückte seine Hand beruhigend auf ihre Schultern.

„Ich will nur mit ihm reden, Hedwig. Es kann sein, dass er uns helfen kann.“

Sie schüttelte den Kopf. „Das glaube ich nicht. Was soll Marten denn wissen? Du hast doch schon mit ihm gesprochen.“

„Weiß ich. Aber es gibt ein paar Neuigkeiten. Vielleicht haben wir die Frau, die Leonie entführt hat. Wir müssen rausfinden, wo sie gewohnt hat." Er schob seinen Handzettelstapel in die Tischmitte und tippte auf das Foto. „Oder kennst du sie vielleicht?"

Aufmerksam betrachtete Hedwig das Bild, bevor sie antwortete: „Nein, die hab ich noch nie gesehen. Wenigstens nicht bewusst. Aber warum fragt ihr die Frau nicht selbst, wo sie gewohnt hat?"

„Weil sie tot ist. Heute Morgen bei einem Verkehrsunfall ums Leben gekommen."

„Und was ist mit Leonie?"

„Eben das wissen wir nicht. Wir glauben, dass sie noch irgendwo auf Hiddensee ist."

„Mein Gott", sagte Hedwig Buhrow. Und dann: „Marten ist oben. Aber ich weiß wirklich nicht ..."

„Lass man, ich guck einfach mal." Sie musste ihm nicht erklären, wie er zu Marten kam. Durch die Diele, in der es auch im Sommer kühl blieb, die dunkle Holztreppe mit dem roten Läufer hinauf, dessen raue Fasern an den Fußsohlen kratzten, wenn man barfuß war. Oben ging es geradeaus in die Kammer, die sein erstes Quartier auf Hiddensee gewesen war. Rechts davon stand Martens Tür einen Spalt offen. Pieplow hörte ihn leise singen und das ließ nichts Gutes ahnen.

Marten sang gegen die Angst, so wie Hedwig es ihm beigebracht hatte.

Lütt Matten de Has de mok sik en Spaß ...

Wenn du Angst hast, singst du ganz einfach, Marten. Singen hilft. Oder Pfeifen.

Das Pfeifen lernte Marten nie. Es kam immer nur ein lahmes Zischen durch seine gespitzten Lippen. Aber singen, das konnte er. Immer dieselbe Strophe. Die erste.

... he weer bi't Studeern, dat Danzen to lehrn ...

Sein Zimmer war klein. Einen Schrank mit zwei Türen, sein Bett und unter dem Fenster seinen Tisch, mehr brauchte er nicht. Den freien Platz an den Wänden schmückte er mit den Bildern, die er am Tisch unter dem Fenster malte. Aber nur mit den Schönen, auf denen die Heide in der Sonne glühte oder viel Winterlicht über zottige weiße Sturmwellen schien. Die finsteren Bilder packte Mutter weg, damit die Treibholzseeschlangen nicht doch noch lebendig wurden oder die Monsterfratzen der Windflüchter ihn nachts, wenn er schlief, nicht anglotzen konnten oder ihn zwischen ihren spillerigen, knotigen Armen festklemmten.

„Marten?"

Es war gut, dass er Daniels Stimme gleich erkannte, sonst hätte er sich noch mehr erschrocken, als die Tür leise aufschwang. Marten hörte auf, von einem Fuß auf den anderen zu treten, auch wenn der Körper dann nicht mehr so angenehm hin- und herschwankte. Aber mit dem Singen machte er weiter.

... un danz ganz alleen op de achtersten Been.

Dabei starrte er abwechselnd in Daniels Gesicht und auf den Zettel in seiner Hand.

„Marten, ich will dich was fragen."

Lütt Matten de Has ...

„Ich suche eine Frau." Pieplow merkte, wie albern sich das anhörte. Aber etwas anderes fiel ihm nicht ein. Nur von sich sprechen, die Sätze so einfach wie möglich, nicht das kleinste Zeichen von Unruhe geben – der Schweiß auf seiner Stirn hatte rein gar nichts mit der Sommerhitze zu tun. Er legte den Fahndungszettel zwischen Martens Wachsmalstifte auf den Tisch.

„Kennst du diese Frau?"

Kopfschütteln.

„Du hast sie noch nie gesehen?"

Nicken.

„Also hast du sie schon mal gesehen?", fragte Pieplow geduldig und wie nebenher, während er seinen Blick über die Bilder an der Bettwand schweifen ließ. Er spürte seinen Herzschlag bis in den Hals.

„Gesehen schon. Aber ich kenn sie nicht. Ihren Namen kenn ich nicht."

Pieplow wagte kaum Luft zu holen.

„Und wo? Ich meine, wo hast du sie gesehen?"

„Da hinten." Marten streckte den Arm ganz gerade. Sein Zeigefinger wies nach Süden. „Beim Kranichhaus und ..." Marten legte die Fingerspitze vor die Lippen, „und in der Kuhle." Das Kichern ließ sich nicht aufhalten, es kam mit einem kleinen Prusten. „In der Kuhle mit Oliver! Nackig!" Marten strahlte. Weil ihm etwas Wichtiges eingefallen war, das sah er an Daniels Gesicht, und weil die Angst auf einmal wie weggeblasen war, obwohl er aufgehört hatte zu singen. Das machte Daniels Nähe. Mit einem Freund neben sich kann einem so schnell nichts passieren.

Pieplow holte tief Luft und wünschte sich fünf ungestörte Minuten, in denen er überlegen konnte, was Martens Beobachtung bedeutete.

„Wann war das, Marten?" Pieplow atmete langsam aus. Trotzdem hatte er das Gefühl, sein Kopf würde gleich platzen. „Wann war die Frau mit Oliver zusammen in den Dünen?"

„Morgens früh." Sie hatten ihn nicht bemerkt, aber er wusste genau, was er gesehen hatte.

„War das dieses Jahr oder vor Weihnachten?"

„Vorher", sagte Marten prompt. Für ihn teilte Weihnachten die Jahre voneinander, das wusste Pieplow. Die Frage war nur, wie viele Weihnachtsfeste inzwischen vergangen waren.

„Hast du sie öfter gesehen?"

„In der Kuhle? Nee, nur einmal morgens früh."

„Und sonst?"

„Wie sonst?"

„Weißt du, wo sie gewohnt hat?"

„Im Kranichhaus, oder?" Marten sah Pieplow fragend an. „Da ist sie hingegangen, wenn ich sie gesehen hab." Zur Bestätigung nickte er ein paar Mal energisch.

*

Das Kranichhaus. Pieplow wusste, von welchem Sommerhaus Marten sprach. Es lag mitten in der Heide, strohgedeckt, mit Gaubenfenstern und den metallenen Umrissen zweier Kraniche auf der weißen Giebelwand. Und es war vielleicht Leonies Gefängnis. Wenn Marten sich nicht irrte. Wenn Pieplow die richtigen Schlüsse zog. Wenn ... Pieplow dachte an das halbe Dutzend rostiger Fahrräder, die er inspiziert hatte, bevor sich das richtige fand. An die beiden bedröppelten Kollegen mit Ostwalds Senf auf dem Hemd. Nicht auszudenken, was Ostwald über ihn kübeln würde, wenn er jetzt einen Fehlalarm auslöste.

Er sah auf die Uhr an seinem Handgelenk, dann auf die große cremeweiße über Hedwigs Küchentür. Als wenn das etwas ändern würde. Es war und blieb kurz nach halb fünf. Sandra Marwede hatte vor fast zehn Stunden das Quartier verlassen und das Schiff ab Kloster genommen.

Pieplow scheute noch vor dem Plan zurück, der sich in seinen Gedanken zu verdichten begann.

Wenn er unbehelligt aus dem Haus kam, wenn er Richtung Außendeich ging, ohne Aufmerksamkeit zu erregen, wenn es ihm gelang, seinen Weg über die Heide wie den Routinegang eines Polizisten mit einem Handzettelstapel wirken zu lassen, dann konnte er unauffällig das Haus in Augenschein nehmen. Durch die Fenster ins Innere gucken. Prüfen, ob es bewohnt war. Auf Geräusche achten.

Und dann?

Pieplow griff nach seinem Zettelpacken. Was dann war, würde sich finden.

„Ich muss wieder los", murmelte er und Hedwig nickte.

„Sag Bescheid, wenn's was Neues gibt", bat sie nur.

Pieplow merkte nicht, dass die größte Tageshitze vorüber war, dass ein leichter Wind kühl und flach über die Ebene zog und den feinen, bitteren Geruch der Heide in die Seeluft mischte.

Er schwitzte wie noch nie in seinem Leben. Weil er rennen wollte und stattdessen ruhig einen Fuß vor den anderen setzte. Weil er auf das Haus zusteuerte und am liebsten umgekehrt wäre.

Ein Feigling, dem seine Heldenrolle drei Nummern zu groß ist, dachte er grimmig, und auch, dass es vernünftiger wäre, ganz vorschriftsmäßig Bericht zu erstatten. Wenn dann etwas schief ging, hatte er wenigstens nicht die Verantwortung.

Auf dem unebenen Trampelpfad rutschte vor seinem rechten Fuß eine Schlange blitzschnell von einem hellen Sandfleck seitwärts ins Heidekraut.

Seit der Bunker am Enddorn abgerissen worden war, fand er Schlangen nur noch eklig. Zu Hunderten waren sie zwischen den Zementbrocken hervorgeschlängelt. Ganz kleine, kaum größer als Regenwürmer und irgendwie glasig. Aber es waren auch richtige Kaventsmänner dabei gewesen, aaldick, mit fetten schwarzen Zackenmustern. Daniel in der Schlangengrube, hatte Kästner gewitzelt, als sie das Absperrband um die Baustelle zogen. Sie waren beide froh gewesen, dass sie schwere Stiefel anhatten.

Es tat gut, an etwas anderes zu denken und sei es an diese widerlichen Schlangen. Pieplow merkte, dass er ruhiger atmete, obwohl das Haus nur noch wenige Schritte entfernt war.

Es stand wie verlassen in der Nachmittagssonne. Alle Türen und Fenster waren verschlossen. Die Gauben mit den Läden verrammelt, die eigentlich zum Schutz gegen Herbststürme und Winterfrost gedacht waren, im Erdgeschoss alle Vorhänge zugezogen. Kein Laut war zu hören, jedenfalls nicht aus dem Haus.

Dass Lachen vom Strand herüberwehte und Schwalben auf den Drähten zwischen den Strommasten zwitschernd Spalier saßen, nahm Pieplow gar nicht wahr.

Nur die Stille des Hauses und die Reglosigkeit aller Dinge um ihn herum. Zwei Gartenstühle, mit der Lehne gegen den Tisch gekippt, als könne es Regen geben, bevor sie das nächste Mal benutzt wurden. Die Holzbank an der Westseite, von der man später am Abend in den Sonnenuntergang sehen konnte. Neben dem Schuppen ein klobiger Hackklotz mit den Spuren unzähliger Axtschläge.

Sonst nichts.

Keine Handtücher auf der Leine zwischen zwei Kiefern. Keine sandigen Schuhe auf dem Gitterrost an der Haustür.

Nur ein paar Steine und Muscheln auf dem Sims vor dem Südfenster. Aber die lagen schon lange dort. Pieplow sah es am feinen Sandstaub, mit dem sie überzogen waren. Innen schwebten Hühnergötter an dünnen Fäden im flirrenden Licht.

Fast nebenbei und eigentlich nur der Vollständigkeit halber hob er den Deckel der Mülltonne an.

Es stank erbärmlich, und was dort zuoberst hineingestopft war, sah aus wie ein Kissen. Seidiger dunkelgrüner Stoff mit einer Art Rosenstickerei. Als er es vorsichtig, nur mit zwei Fingern an einer Ecke herauszog, legte er darunter ein Knäuel zerknüllter, stinkender Geschirrtücher frei. Dass die braunen Flecken auf dem gestreiften Stoff nicht von Schokolade herrührten, war Pieplow sofort klar, dazu hätte es die Windeln nicht gebraucht, die unter den Tüchern zum Vorschein kamen. Er schloss langsam den Deckel der Tonne, neben der das Rosenkissen im dürren Gras liegen blieb, während er reglos dastand und mit angehaltenem Atem lauschte. Aber auch, als er ein Ohr gegen die Haustür und dann an eines der Erkerfenster presste, hörte er nicht das kleinste Geräusch nach außen dringen.

Und jetzt?

Er konnte ein Fenster einschlagen. Oder sich mit der Schulter gegen die Tür schmeißen, wie man es in

Kriminalfilmen sieht, wenn keine Zeit blieb, um auf richterliche Beschlüsse zu warten: Handeln bei Gefahr im Verzug! Aber was er hier vorhatte, glich mehr einem Einbruch, weil es nichts gab außer ein paar Ungereimtheiten und einen Zeugen, den niemand für voll nahm.

Und schließlich gab es noch die Hoffnung, dass er den Schlüssel fand. Unter den Steinen rechts und links des Eingangs oder vielleicht auf dem Fenstersims zwischen den Muscheln. Viele Urlauber ließen Schlüssel lieber am Haus, bevor sie am Strand verloren gehen konnten.

Wenn Sandra Marwede dieses Haus bewohnt hatte, dann gehörte sie entweder nicht dazu, oder sie hatte ihren Schlüssel so gut versteckt, dass Pieplow ihn auch zwischen dem Werkzeug im Schuppen nirgendwo finden konnte.

Beinahe hätte Pieplow das Stemmeisen beiseite gelegt wie zuvor schon Hammer, Zangen und Schraubenschlüssel. Es war, als ströme in dieser Sekunde des Zögerns mehr Wut und Entschlossenheit aus dem kalten Metall in seine Hand, als er brauchte, um wieder den Hammer zu greifen, die wenigen Schritte zum Haus zurückzugehen und die Stemmeisenspitze dicht über dem Schloss zwischen Zarge und Türblatt anzusetzen.

Die dicke braune Farbschicht platzte unter den Schlägen vom splitternden Holz ab, und es brauchte nur wenig Kraft am Ende des Eisens, um das Schloss aufzuhebeln. Die Tür schwang zurück und schlug dumpf gegen die Flurwand.

Pieplow trat ins Haus. Das Erdgeschoss war leer. In der stickigen Luft hing ein fauliger, säuerlicher Geruch wie von altem Erbrochenen, der intensiver wurde, als er die Stiege unter das Dach hinaufhastete. In der dämmrigen Hitze der Dachkammer standen die Betten entlang der Giebelwand und unter den Dachschrägen. Es waren vier, aber nur eines davon bezogen. Und Pieplow ahnte das Kind mehr, als dass er es sah.

Es strömte diesen sauren, scharfen Geruch aus und es bewegte sich nicht.

Er legte seine Hand vorsichtig auf den winzigen Brustkorb. Als er spürte, wie es darin klopfte, ging er auf die Knie. Wie vor einem Altar kniete er neben dem Bett mit dem schmutzigen Laken und murmelte „Gott sei Dank“, immer wieder „Gott sei Dank“, während er mit den Fingerspitzen zart über Leonies Gesicht fuhr, bis sie, ohne die Augen zu öffnen, leise seufzte.

*

Ostwald hielt Marie mit ausgestrecktem Arm das Bild einer jungen Frau entgegen. Halblanges Haar, links hinter das Ohr geschoben, ein spöttisches Lächeln.

„Kennen Sie diese Frau?“, fragte er.

„Nein, wer soll das sein? Hat sie ... Wo ist Leonie?" Sie wollte schreien, aber ihre Stimme versagte, und die Frage kam heiser gepresst, fast wie geflüstert.

„Wir haben Leonie noch nicht gefunden, Marie." Ihr fiel nicht auf, dass Schöbel sie beim Vornamen nannte, und auch nicht, dass seine Antwort ausweichend war.

„Und Sie? Was ist mit Ihnen?" Ostwalds Hand schwenkte mit dem Bild zu Oliver hinüber. „Wissen Sie, wer das ist?"

Oliver schob die Unterlippe nach vorn. Er wiegte mit dem Kopf von links nach rechts und wieder zurück. „Möglich, dass ich sie irgendwo schon gesehen habe, aber ich wüsste beim besten Willen ..."

„Sie können also nicht sagen, wo sie wohnt?", unterbrach Ostwald ihn unwirsch.

„Wie denn, wenn ich nicht mal weiß, wo ich ihr begegnet bin?"

In diesem Moment klingelte das Telefon. Marie hob nicht ab, weil sie die Stimmen nicht mehr ertrug. Forsch oder ölig, höflich gedrechselt oder brutal direkt - sie wollten immer dasselbe wissen.

Wie es ihr ging. Was sie und Oliver fühlten. Ob sie einen Verdacht hätten, wer ihr Kind geraubt haben könnte. Es waren Zeitungsnamen dabei, die Marie noch nie gehört hatte. Aber als der Anrufbeantworter ansprang, erkannte sie Pieplows Stimme sofort, auch wenn sie rau und mühsam beherrscht aus dem Lautsprecher kam.

„Marie, hier ist Daniel. Leonie lebt. Sie ist im Kranichhaus. Ich habe ..." Er wollte ihr noch sagen, dass er Ostwald noch nicht informiert hatte, dass sie ruhig bleiben sollte, in Polizeibegleitung kommen, damit die Heidefläche rund um das Haus abgesperrt werden konnte, aber im Grunde wusste er vorher, was jetzt geschehen würde.

Marie schoss aus dem Sessel hoch und rempelte Schöbel an, der sich zum Telefon vorgebeugt hatte. Sie riss die Türen auf und stürmte hinaus, stieß den Polizisten beiseite, der ihr Gartentor bewachte, und drängte sich durch die verdutzten Wegelagerer davor. Sie hörte, wie aufgeregt hinter ihr hergerufen wurde. Fast wäre sie gestolpert, als ein Fahrradfahrer neugierig anhielt und ihr das Vorderrad vor die Füße drehte.

Aber dann fassten ihre langen Beine Tritt. Sie jagte das Süderende hinunter, über den Außendeich quer durch die Heide und schien mit jedem Schritt schneller zu werden. Die Explosion von Angst und Glück ließ Herz und Lungen wie starke Motoren eine gewaltige Kraft durch ihren Körper pumpen, die sie bis in das Haus trug.

Und plötzlich ging alles sehr langsam. Der letzte Schritt auf das Kind in Pieplows Arm zu so vorsichtig als gehe sie auf dünnem Eis. Die Bewegung der Hände zu Leonie hinüber so behutsam, als könne sie jetzt noch Schaden nehmen. Die Kehle so zugeschnürt, dass die Tränen erst fließen konnten, als

Pieplow sie sanft in den Schatten der Birken hinter dem Haus führen wollte.

„Komm mit raus", sagte er und legte den Arm um sie, „hier wird gleich der Teufel los sein."

Davon bekam sie nichts mit. Für Marie blieb die Welt draußen, so weit weg, als ob es das Geschrei und Gedränge am windschiefen Gartentor nicht gab.

Ostwald prallte wie an einer unsichtbaren Wand zurück, als er um die Hausecke stürmte. „Oh Mann", stöhnte er und kratzte sich heftig in den Haaren. Schöbel sagte nichts, presste nur lang und zischend Luft aus aufgepusteten Backen. Es gab Bilder, die erinnerte ein Polizist auch nach Jahrzehnten noch, und beide wussten, dass sie gerade vor einem solchen Bild standen.

Marie holte sich ihr Kind zurück. Küsste Leonies Stirn, ihre Schläfen. Augen, Nase, Mund und wieder die geschlossenen Lider. Sie sog den Geruch in sich ein. Flüsterte ihr Glück in die winzigen Ohren und lächelte schluchzend, als das Kind die Augen öffnete und mit seiner kleinen Hand unbeholfen nach ihrem Gesicht tastete.

Als Oliver sich zu Marie in das trockene Sommergras kniete, wandte Ostwald sich ab.

Rettungshubschrauber, Spurensicherung, Pressekonferenz – es gab genug zu tun. Ganz zu schweigen davon, dass sie noch nicht wussten, warum dies alles geschehen war. Aber sie würden es herausfinden.

Im September

„Wie geht es Ihnen?"

Marie hörte die Besorgnis in Schöbels Frage. Er musterte sie unangenehm eindringlich, sah die Erschöpfung in ihrem Gesicht und das nervöse Zupfen an Leonies Mütze, die sie vom Sessel aufgenommen hatte, bevor sie sich setzte.

„Gut", antwortete sie knapp, aber das Lächeln wollte ihr nicht so recht gelingen. Sie wurde das Gefühl von Bedrohung nicht los, obwohl Leonie seit einer Woche wieder in ihrem Bettchen lag. Aber während das Kind mit gleichmäßigen Atemzügen schlief, nur manchmal die Hände rechts und links neben dem Kopf zu Fäusten ballte oder im Traum klagend die Stirn zusammenzog, kämpfte Marie Nacht für Nacht gegen die Angst. Als wenn sich Schleusen gegen eine dunkle Flut nicht wieder schlossen, drängten immer neue grauenvolle Bilder in ihren Kopf und ließen sie aus dem Schlaf hochjagen.

„Es dauert, bis der Schrecken vorüber ist." Ostwald schien ihre Gedanken erraten zu haben. „Das ist wie bei einer schweren Krankheit, nach der man nur allmählich wieder auf die Beine kommt."

Er sah sie mit ernster Miene an. Vor ihm auf dem Tisch presste er seine Hand mit gespreizten Fingern auf den gewölbten Deckel einer graugrünen Mappe, als wolle er verhindern, dass ihr Inhalt zum Vorschein kam.

„Aber Sie sind doch nicht extra aus Stralsund hierher gekommen, um zu fragen, wie es mir geht?“ Marie versuchte zu scherzen, aber sie hörte selbst, wie verloren und bitter sie klang.

„Nein.“ Ostwald zögerte. „Wir müssen noch einiges klären, bevor wir den Fall abschließen können.“

Er öffnete die Mappe. Marie erkannte das Bild. Sandra Marwede. Das gleiche Bild wie vor genau dreiundzwanzig Tagen.

Marie verstand nicht, wozu das nötig war. Warum mussten sie sich wieder und wieder mit dieser Frau befassen? Sogar die Tasche hatten sie identifiziert, mit der Leonie fortgetragen worden war. Sie hatten den Bluterguss auf ihrem Brustkorb zentimetergenau dem Bügel des Gepäckträgers zugeordnet und in Leonies Blut dasselbe Medikament wie bei der Toten gefunden.

Ostwald kramte in seiner Mappe und zog schließlich ein paar Blätter heraus, eng bedruckte Seiten, an deren Rändern jemand handschriftliche Notizen gemacht hatte. Schöbel schwieg und sah hin und wieder besorgt zu Marie hinüber.

„Könnten Sie sich kurz fassen mit Ihren Fragen? Meine Frau hat das alles sehr mitgenommen, wie Sie sich vielleicht denken können“, meldete sich nun Oliver in scharfem Ton zu Wort.

Ostwald nickte verständnisvoll. „Das wissen wir und wollen auch nicht lange stören. Aber leider sind noch einige Dinge unklar.“ Seine Höflichkeit wirkte wie eine dünne Glasur über seiner bedrohlichen Zielstrebigkeit. Er überließ es Schöbel, Marie im Auge zu behalten, während er Oliver mit teilnahmslosem Blick fixierte.

„Erinnern Sie sich an dieses Foto?“

„Ich denke doch. Es sieht aus wie das, das Sie mir schon mal unter die Nase gehalten haben.“

Ostwald ließ sich durch den patzigen Ton nicht aus der Ruhe bringen. „Und? Ist Ihnen inzwischen eingefallen, woher Sie die Frau kennen?“

Oliver verzog den Mund zu einem geringschätzigen Lächeln. „Ich habe, um ehrlich zu sein, nicht darüber nachgedacht. Aber wenn Sie auf einer Antwort bestehen - nein, ich weiß immer noch nicht, wo ich ihr begegnet bin. Wahrscheinlich im Atelier. Es gibt ‘ne Menge Laufkundschaft, die sich kurz umsieht und dann wieder geht. Etwas in der Art kann es gewesen sein.“

Schöbel machte Notizen. Ostwald senkte den Kopf, bis sein Doppelkinn am Hemdkragen anstieß, und legte das Gesicht in betrübte Falten. Dann erklärte er mit schulmeisterlicher Geduld: „Sehen Sie, Herr Eggert, wenn etwas so Schlimmes passiert wie die Entführung eines Kindes, dann ermitteln wir umfassend und sehr gründlich. Davon bekommen die Betroffenen längst nicht alles mit. Nicht immer, aber meistens gewinnen wir so viele Erkenntnisse, dass ein klares Bild von den beteiligten Personen entsteht. Des Opfers, der Angehörigen, des Täters. Oder, wie in diesem Fall, der Täterin.“ Er machte eine Pause, in der er Oliver aus seinen blassen, vorquellenden Augen anstarrte. Im Raum blieb es für ein paar Augenblicke vollkommen still. Durch die Fenster schien eine warme Septembersonne ins Zimmer, in deren Licht Staubteilchen flirrten.

Oliver lehnte sich gelangweilt zurück, wischte sich mit gespreizten Fingern eine Haarsträhne aus der Stirn und schlug lässig ein Bein über das andere. „Am besten, Sie sagen einfach, worauf Sie hinauswollen. Das erspart uns allen viel Zeit“, schlug er vor.

„Nun gut“, entgegnete Ostwald, und es klang wie ‚du hast es nicht anders gewollt'. „Sandra Marwede wurde in Oebisfelde geboren. 1972, um genau zu sein. Wir haben mit ihren Eltern gesprochen, mit ihren Freundinnen. An größere Probleme mit ihr konnte sich niemand erinnern. Sie war neugierig, ein bisschen draufgängerisch und vielleicht ein bisschen zu lebenslustig, aber auch empfindsam und leicht zu verletzen. Ein paar verkorkste Liebesgeschichten haben ihr wohl sehr zugesetzt, aber sie schien sich immer wieder zu berappeln. Das glaubten wenigstens ihre ...“

„Und jetzt kommt irgend so ein Psychoquark und wir sollen womöglich noch Mitleid haben, dass die Ärmste unsere Tochter entführen musste“, fiel Oliver ihm höhnisch ins Wort.

Marie musterte ihren Mann mit ausdruckslosem Gesicht. Sie fühlte sich, als rolle eine Lawine auf sie zu, die mit jeder Umdrehung schneller und größer wurde und zermalmte, was in ihrer Bahn lag. Sie spürte die Angst im Körper wie ein Summen, das sie schwindlig werden ließ, bis sie meinte, der Boden schwanke unter ihren Füßen.

„Nicht ganz, Herr Eggert", korrigierte Ostwald. „Aber lassen Sie mich auch den Rest von Sandras Geschichte erzählen."

Schneiderin habe sie gelernt und geglaubt, das große Los gezogen zu haben, als sie vor zehn Jahren Arbeit bei Volkswagen fand, auch wenn es viel langweiliger war, Polster zu nähen statt Sommerkleider und Kostüme. Aber sie verdiente gut, und die Fahrt von Oebisfelde nach Wolfsburg sei ein Klacks, sagte sie. Und mit dem Geld konnte sie sich ihre kleinen Träume erfüllen. Ein Auto, Reisen nach Italien und Spanien. Nach Paris fuhr sie sogar zweimal. Und im Sommer nach Hiddensee. Nicht wie früher als Kind bei den Eltern im Zimmer, mit Zustellbett, ohne Frühstück. Sie fand das Kranichhaus, das sie jedes Jahr mieten konnte, und lud ihre Freundinnen ein. Mit einem Mann kam sie nie.

Dafür, dass sie sich vor drei Jahren plötzlich veränderte, habe niemand eine Erklärung gefunden. Sie wurde mürrisch und abweisend, brach alle Kontakte ab und zog nach Wolfsburg.

Früher sei sie hübsch gewesen, sagten ihre Kollegen, aber dann habe sie sich gehen lassen, habe stark zugenommen und eine teigige, unreine Haut bekommen und irgendwie krank ausgesehen, auch wenn sie später wieder dünner, eigentlich fast mager geworden sei.

„Es scheint niemand, aber auch wirklich niemand etwas von der Schwangerschaft gewusst zu haben“, fuhr Ostwald fort.

„Wann? Wann war sie schwanger?“, fragte Marie leise.

„Vom Spätsommer 2001 bis zum neunten Mai 2002“, antwortete Ostwald und fügte hinzu: „Himmelfahrt.“

Maries Blick irrte von Ostwald zu Schöbel und dann zu Oliver, der mit gelangweilter Miene zwischen den Polizisten hindurch aus dem Fenster schaute.

„Aber wo ...? Ich meine, war denn ...“, begann Marie und brach hilflos ab.

Die Lawine schien größer zu werden, ihr Dröhnen lauter, ohne dass Marie wusste, warum.

„Das haben wir uns auch gefragt“, erriet Ostwald ihre Gedanken. „Wo ist das Kind, dessen Existenz in Sandras Leben scheinbar keinerlei Spuren hinterlassen hat? Nur in ihrem Körper, das stand nach der Obduktion zweifelsfrei fest.“

„Und haben Sie es ...?“

Ostwald nickte nachdrücklich. „Es geht ihm gut. Sehr gut sogar, wenn ich das sagen darf. Obwohl ...“

„Gott sei Dank“, seufzte Marie und wünschte sich nur noch, dass all dies ein Ende nahm. Keine Details mehr, keine Hintergründe. Einfach einen Doppelstrich ziehen und Schluss. Sie sehnte sich nach ihrem Alltag.

„... obwohl sein Start ja alles andere als rosig war. Sie kennen das Kind, haben es jedenfalls schon einmal gesehen. Marten Buhrow fand es vor zwei Jahren am Himmelfahrtsmorgen in einem Strandkorb."

Angelina. So hatten die Polizisten das kleine Mädchen damals genannt. Es sollte nicht namenlos sein.

Aber was sie auch anstellten, die Frau fanden sie nicht, die es irgendwann in der Nacht zur Welt gebracht hatte. Mehr als ein Jahr waren sie jeder Spur, jedem Hinweis nachgegangen, jedem noch so vagen Verdacht gefolgt und wollten nicht wahrhaben, dass sich die Mutter nicht finden ließ.

Am Ende wusste man nur, dass sie von der Geburt überrascht worden war. „Fünf, sechs Wochen hätte es gut noch gebrauchen können", sagten die Ärzte über das Neugeborene und meinten damit die Zeit in der dunklen, warmen Sicherheit eines Frauenkörpers. Nachdem man die wichtigsten Daten gespeichert hatte, landete die Akte erst einmal bei den ungelösten Fällen.

„Es war überhaupt kein Problem, Sandra Marwede das Kind zuzuordnen", erklärte Ostwald. „Und jetzt interessiert uns nur noch, was Sie von unserer Theorie über den Vater halten." Während er sprach, zog er aus seiner Mappe ein anderes Foto. „Das hier haben wir in Sandra Marwedes Wohnung gefunden. Es war das einzige. Eingeklemmt hinter einer Schublade. Alle anderen wird sie vernichtet haben."

Marie konnte erkennen, dass es geglättet worden war. Querfalten zogen sich durch die bunte Fläche und ließen an brüchigen Stellen weißes Papier durchscheinen. Trotzdem wusste sie sofort, dass es Oliver war. Die Haare zerzaust, als komme er gerade aus dem Bett, am braun gebrannten Oberkörper haftete feiner Sand wie eine zuckrige Schicht. Marie starrte auf das Bild und ballte im Schoß ihre Hände zu Fäusten.

„Nun?", fragte Ostwald mit hochgezogenen Brauen, als ob vollkommen klar sei, was er hören wollte.

„Was *nun*?", wiederholte Oliver stur.

Marie hörte, wie trocken sein Mund war, und sah, dass er sich die Lippen leckte.

„Herr Eggert, wir sind den Umgang mit Lügnern gewohnt. Es überrascht uns nicht mehr, irgendwelche billigen Märchen aufgetischt zu bekommen. Was aber nicht heißt, dass uns das nicht gereizt machen kann. Sehr gereizt!"

„Soll das vielleicht eine Drohung sein?"

„Meinetwegen, ja. Fühlen Sie sich ruhig bedroht, aber erzählen Sie uns endlich, dass Sie Sandra Marwede kannten. Ziemlich gut sogar, würde ich sagen. Dass Sie der Vater oder besser gesagt der Erzeuger von Angelina sind. Dass Sie uns seit mehr als zwei Jahren an der Nase herumführen! Nicht nur uns, auch Ihre Frau, überhaupt jeden, der mit Ihnen zu tun hat. Und dass Sie mit Ihrem Schweigen in diesem schäbigen Theater sogar Leonies Leben aufs Spiel gesetzt haben!"

„Sie wissen hoffentlich selbst, welchen Unsinn Sie da erzählen.“ Oliver klang gelassen, aber er presste die gespreizten Finger so fest gegen die Oberschenkel, dass sich unterhalb seiner Shorts tiefe Dellen in der Haut bildeten.

„Ganz und gar nicht, Herr Eggert. Im Gegenteil. Wir sind sogar fest davon überzeugt, dass wir endlich die Wahrheit herausgefunden haben.“ Ostwald kramte aus seiner Aktentasche eine Plastiktüte mit Schriftfeldern und entnahm ihr die Probenhülse mit dem Abstrichstift. „Und das wird ein DNA-Vergleich auch beweisen.“

Der feste Zopf, zu dem Marie Leonies Mütze gewrungen hatte, zerriss mit einem knirschenden Geräusch wie es dünne, trockene Zweige machen, wenn sie unter schwerer Last brechen. Die Lawine war angekommen. Marie glaubte ersticken zu müssen.

„Du hast ... ohne ... wir waren ...“ Die Worte wollten sich nicht aussprechen lassen. Marie rang nach Luft. Sie riss an ihren Haaren, warf ihren Kopf hin und her und sprang auf. „Du hättest sie umgebracht!“, schrie sie und schlug mit all ihrer Kraft in sein Gesicht.

Gleich würde die Sonne aufgehen. Über die Dächer schickte sie ein glühendes Rot voraus, vor dem grau und dunstig der Oktobernebel hing.

Marten zog die Tür hinter sich ins Schloss. Ganz leise, als sei es noch mitten in der Nacht und die Mutter schlafe noch. Dabei hatte sie schon das Frühstücksgeschirr abgewaschen und rumpelte jetzt mit dem Staubsauger über die Fußböden.

Mach die Jacke zu und binde dir einen Schal um, Marten, hatte sie vor ein paar Tagen über das Staubsaugerbrummen hinweg gerufen. Aber gestern nicht und heute auch nicht, weil es mild wie sonst nur im Sommer war. Ein warmer Wind aus Spanien, sagte die Stimme im Radio. Und ein zauberblauer Himmel mit einer kugelrunden Herbstsonne, das konnte Marten selbst sehen, dafür brauchte er kein Radio. Der spanische Wind rüttelte an den Bäumen bis bei Niemeyer weiter hinten am Süderende die ersten Walnüsse ins Gras fielen. Er pustete Gelb und Rot über das Hochland und färbte damit die Blätter bunt.

Als die Sonne sich Richtung Himmel schob, begannen die Kraniche über den Boddenwiesen zu tröten. Vorn an der Spitze flogen die Chefs, die wussten, wo es nach Afrika ging. Marten konnte die dunklen Federn der Flügel erkennen, die langen Hälse und die ausgestreckten Beine und auch, dass der große Keil nicht fertig werden wollte, in dem sie hinüber zum Darß und weiter in Gegenden flogen, die Marten nie im Leben zu sehen bekommen würde.

Er holte tief Luft und pustete sie durch halb geschlossene Lippen wieder aus, so erleichtert war er, dass er hier bleiben und auf den Winter warten durfte. Dann wurde es still auf der Insel und er wagte sich sogar mitten am Tag bis zum Enddorn hinaus oder ans Steilufer, wenn der Sturm Bernsteine und Hühnergötter brachte.

Vielleicht fand er schon in diesem Jahr einen, wie er ihn Leonie geschenkt hatte. Ganz flach und glänzend wie Lakritz, mit einem winzigen Loch und elfenbeinhellen Flecken.

Den ganzen Tag hatte er den Glücksstein fest in den Händen gehalten, von einer in die andere gleiten lassen und mit den Fingerspitzen die weichen, glatten Kuhlen gespürt, die geblieben waren, obwohl er ihn wieder und wieder poliert hatte. Der Stein beruhigte ihn und er musste nur ein paar Mal zwinkern, als die grellen Lichter an den Fotoapparaten blitzten. Es war nur gut, dass es zu Leonies Taufe längst nicht so viele wie im Sommer waren und die Männer nur in die Kirche durften, wenn sie nicht fotografierten. Er vergaß, dass sie da waren, weil er sich einfach nicht umdrehte und ganz lange zu dem dicken Engel hinaufsah, der von der Rosendecke herabschwebte und mit seinen weit aufgerissenen Augen auch ein bisschen so guckte, als habe er Angst vor den Menschen.

Das tröstete ihn wie der warme Stein in der Hand und Daniels Nähe, auch wenn der Leonie auf dem Schoß und Tränen zwischen den Wimpern hatte.

Noch eine Sorte Tränen, dachte Marten. Wenn sich ein dünner Kinderfinger in die Nase piekt, kommen Tränen, ob man will oder nicht.

Ich taufe dich auf den Namen Leonie Daniela Martina, sagte der Pastor mit dunkler Stimme.

Fast hätte Marten kichern müssen, so viele Namen für ein so kleines Kind. Aber dann merkte er doch, wie stolz er war, zwischen Daniel und Marie zu stehen und dem Kind seinen Namen zu geben. Leonie Daniela Martina quäkte, als ihr die Wassertropfen über die Stirn kullerten.

Am nächsten Tag waren Bilder in der Zeitung gewesen. Auf der linken Seite ein Foto von Daniel. Rechts neben den großen Buchstaben eines von Marten, auf dem er diesmal nicht wie ein Monster wirkte. Dazwischen stand *Die Helden von Hiddensee.*

Helden sind Menschen, die das Richtige tun, obwohl sie sich fürchten, Marten.

Die Kraniche zogen davon, als er den Seedeich erreichte. Im spanischen Wind kabbelten die Wellen mit sahneweißen Hauben zwischen den Buhnen. Bis vor ein paar Tagen hatte der Turner morgens mit seinem Sonnengebet noch am Strand gestanden. Jetzt war sein Platz leer. Marten war sicher, er würde ihn nächstes Jahr wieder mit einem Fuß am Knie im Sand stehen sehen, die Hände Richtung Himmel erhoben.

Bis dahin würde der Strand so daliegen wie jetzt, weit und menschenleer, die Spuren des Sommers von puderzuckerfeinem Sand überweht, mit dunklen

Seetangplacken, die größer und dichter wurden, bis ein Wintersturm sie auseinanderfetzte und davontrieb. Marten blieb stehen, die Hände tief in den Hosentaschen. Mit den Ellenbogen wackelte er vor und zurück wie ein ungelenkes, knochiges Flugtier. Er konnte sich Zeit lassen, noch war außer ihm niemand am Strand. Nur ganz in der Ferne bewegten sich winzige Punkte, so weit weg, dass er nicht einmal erkannte, wie viele Menschen es waren, die langsam näher kamen.

Er trödelte an der Flutlinie entlang Richtung Außendeich. Stupste hier und da mit der Fußspitze in ein Knäuel aus Tang und Seegras. Es war nichts darin, was das Bücken lohnte. Konnte ja auch nicht bei dem bisschen labberigen Wind. Obwohl der genau richtig aus Südwest kam. Aber ein Sturm musste es schon sein, am besten so einer, der ganze Bündel aus den zerfledderten Strohdächern vom *Seeblick* hinterm Deich riss.

Ab und zu hob er den Kopf, um die Punkte zu beobachten, die längst keine Punkte mehr waren, sondern drei Menschen. Zwei große und ein kleiner dazwischen, der sich plötzlich losriss und Marten entgegenrannte.

Ronja!, riefen die großen Menschen. Ronja!

Ronja mit der Teufelsmütze.

So hießen sie, diese Mützen mit den drei Wollzacken, das wusste Marten. Der mittlere Zacken gehörte in die Stirn. Die beiden anderen rechts und links über die Ohren. Er hatte auch solch eine gehabt und immer genau gewusst, wie er sie aufsetzen musste. Nur waren bei ihm nicht tausend blonde Locken unter dem Rand hervorgequollen wie bei dem kleinen Mädchen, das Ronja gerufen wurde.

„Bis du auch am Strand?“ Sie war aus der Puste vom Rennen. Ihre Stimme klang hell und fröhlich und neugierig zugleich.

„Mmh“, machte Marten gedehnt. Er legte den Kopf ein wenig schief und sah ihr von der Seite ins Gesicht.

Auf dem Wangenknochen neben dem linken Auge des Mädchens entdeckte er das Mal. Zwei kleine dunkle Flecken, so dicht beieinander, dass sie sich zu berühren schienen.

„Du ...“ Er streckte den Zeigefinger aus, legte die Kuppe sanft auf das Mal und murmelte: „Lewet wittet Seelken.“

Das Kind wischte Martens Hand beiseite und drehte sich um. „Mama!“, rief es, „der Mann sagt was Komisches!“, und flog mit seinen Locken unter der Teufelsmütze in die weit offenen Arme der Frau.

Marten Buhrow trollte sich über den Außendeich nach Hause ins Süderende. Mit einem zufriedenen Lächeln schaute er rechts und links in die herbstlichen Gärten. Er sah, dass Fine vorm Haus saß und Leonies Schlaf bewachte. Der Kinderwagen schaukelte leicht. Vielleicht, weil Leonie zappelte, vielleicht, weil Fines rechte Hand genauso wackelte wie die linke mit dem Krückstock. Er winkte Marie zu. Das hatte er lange nicht getan. Jetzt winkte er, weil es ein guter Tag war und Marie lustig aussah, mit blauen und weißen Spritzern im Haar von der Farbe, mit der sie das Häuschen schön machte, in dem früher der Maler gewohnt hatte.

Wir danken allen, die zu diesem Buch beigetragen haben. Unser besonderer Dank gilt Brigitte Jacobsen und Dora Gau, ohne die wir vieles über Hiddensee vielleicht nie erfahren hätten.

Birgit Lautenbach · Johann Ebend

Von denselben Autoren im Prolibris Verlag

Birgit Lautenbach . Johann Ebend

Das Kind der Jungfrau

ISBN 3-935263-25-2

Die routinierte, manchmal ein wenig eigensinnige Hauptkommissarin Emma Kampmann soll ermitteln, wie Rosa Steinke zu Tode gekommen ist. Ihr Sohn Bruno beteuert, er habe sie getötet, aber es gibt keinen Hinweis auf eine unnatürliche Todesursache.

Das Haus, in dem Rosa und Bruno zusammengelebt haben, gleicht einer Mülldeponie. In seiner bedrückenden Atmosphäre hat sich einige Jahre zuvor Rosas Nichte umgebracht. Selbstmord, kein Zweifel. Auch für Rosas Tod gibt es keinen Hinweis auf Fremdeinwirkung. Doch als man den Fall zu den Akten legen will, gibt es einen weiteren Toten.

Die weiteren Ermittlungen führen Emma Kampmann in eine Vergangenheit, die ein entsetzliches Familiengeheimnis birgt.

Die Autoren

Birgit Lautenbach und Johann Ebend arbeiten und leben bei Wolfenbüttel. „Das Kind der Jungfrau" ist ihr erster gemeinsamer Roman. Er wurde für den Friedrich-Glauser-Preis - Krimipreis der Autoren (Debüt) 2005 nominiert.

Inselkrimis aus dem Prolibris Verlag

Antje Friedrichs

Letzte Lesung Langeoog

Inselkrimi

ISBN 3-935263-00-7

Bombenalarm beim Dünensingen, ein Erpresser droht, das Ostfriesenmüsli zu vergiften, aus einer Dusche am Strand fließt plötzlich Blut ... Schon reisen Gäste übereilt ab. Hauptkommissar Onno Tjaden aus Wittmund soll vor Ort die Vorfälle aufklären und wieder Ordnung in die Ferienidylle bringen. Doch schon bald nach seiner Ankunft gibt es einen Toten. Dann verschwindet jemand spurlos.

Ein ganzer Reigen skurriler Figuren begegnet uns vor der Kulisse Langeoogs: ein tollkühner Schwimmer, eine glatzköpfige Kellnerin, ein herzensbrechender Literaturpapst ... Verdächtige unter den Gästen und sogar unter den Langeoogern gibt es genug. Der sympathische Hauptkommissar Tjaden stürzt sich in die Ermittlungen ...

Die Autorin

Die Inselkennerin Antje Friedrichs wuchs im Norden auf und lebt heute in Paderborn. Unter ihrem Ehenamen schreibt die Autorin Kurzgeschichten und Sachbücher. 1998 wurde sie mit dem Würth Literaturpreis ausgezeichnet

Inselkrimis aus dem Prolibris Verlag

Antje Friedrichs

Letztes Bad auf Norderney

Inselkrimi

ISBN 3-935263-17-1

Eigentlich will Onno Tjaden Inkognito bleiben, als er zur Kur nach Norderney fährt, er wird aber schnell enttarnt. Ein Kommissar ist eben immer Kommissar auch wenn er nicht im Dienst ist. Ganz besonders, wenn ausgerechnet in seiner Nähe eine attraktive und umschwärmte Krankenschwester tot im Pool der Kurklinik gefunden wird.

Die Kurverwaltung drängt auf schnelle Aufklärung, schließlich stehen Urlaubsglück und Kurerfolg aller Gäste auf dem Spiel. Zuviel Merkwürdiges passiert in der Kurklinik. Zwischen Speisesaal und Schlaflabor, zwischen Marienhöhe und Leuchtturm gerät Tjaden immer mehr in den Fall hinein. Schließlich nimmt er eine entscheidende Spur auf.

Mit spitzer Feder, Spannung und Humor begleitet Antje Friedrichs ihren Protagonisten Onno Tjaden durch seinen neuen Fall. Dabei kommen sowohl Inselkenner als auch Inselanfänger auf ihre Kosten. Skurrile Figuren, feine Ironie und viel Inselatmosphäre würzen diesen Kriminalroman bis zur letzten Seite.

Inselkrimis aus dem Prolibris Verlag

Birgit C. Wolgarten

Und es wurde Nacht

Rügen Krimi

ISBN 3-935263-24-4

Hauptkommissarin Katja Sommer will eigentlich nur ein paar Tage an der Ostsee ausspannen, als ihr Stralsunder Kollege Sven Widahn sie um Mithilfe bittet: In einem Strandkorb auf Hiddensee wurde eine Tote gefunden. Die Ermittlungen führen schnell nach Göhren auf Rügen. Aber warum musste Wilhelmine, Bewohnerin einer exquisiten Seniorenresidenz sterben? Das Motiv bleibt im Dunkeln. Doch langsam keimt ein ungeheuerlicher Verdacht in Katja auf.

Hartnäckig verfolgt sie ihre Spur und erkennt erst spät, fast zu spät, wohin diese sie führt! – Wieder entwirft die Autorin des viel gelobten Krimis „Land der Mädchen" ein raffiniertes Psychopuzzle, das Katja Sommer nach und nach zu einem unglaublichen Bild zusammensetzt ...

Die Autorin

Birgit C. Wolgarten veröffentlichte im Jahr 2003 ihren ersten Kriminalroman "Land der Mädchen". Sie ist Mitglied im "Syndikat", der Autorengruppe deutschsprachiger Kriminalliteratur und lebt in der Kölner Region.